VÁ, CHÉRIE!

Izzy Gomy

VÁ, CHÉRIE!

Labrador

© Israel Gomy, 2024
Todos os direitos desta edição reservados à Editora Labrador.

Coordenação editorial PAMELA J. OLIVEIRA
Assistência editorial VANESSA NAGAYOSHI, LETICIA OLIVEIRA
Direção de arte AMANDA CHAGAS
Capa FELIPE ROSA
Projeto gráfico MARINA FODRA
Diagramação NALU ROSA
Preparação de texto LÍGIA ALVES
Revisão MAURÍCIO KATAYAMA
Imagens de miolo: P. 119, 120 E 122: ACERVO DA FUNDAÇÃO BIBLIOTECA NACIONAL - BRASIL

Dados Internacionais de Catalogação na Publicação (CIP)
Jéssica de Oliveira Molinari - CRB-8/9852

GOMY, ISRAEL
    Vá, Chérie! / Israel Gomy.
    São Paulo : Labrador, 2024.
    128 p.

    ISBN 978-65-5625-748-8

    1. Ficção brasileira 2. Ficção histórica 3. Realismo fantástico I. Título

24-5100   CDD B869.3

Índice para catálogo sistemático:
1. Ficção brasileira

Labrador

Diretor-geral DANIEL PINSKY
Rua Dr. José Elias, 520, sala 1
Alto da Lapa | 05083-030 | São Paulo | SP
contato@editoralabrador.com.br | (11) 3641-7446
editoralabrador.com.br

A reprodução de qualquer parte desta obra é ilegal e configura uma apropriação indevida dos direitos intelectuais e patrimoniais do autor. A editora não é responsável pelo conteúdo deste livro. Esta é uma obra de ficção. Qualquer semelhança com nomes, pessoas, fatos ou situações da vida real será mera coincidência.

*A semente lançada à
terra dá muito fruto.*

— Jó 12, 24.

Prefácio

Imagine uma cidade efervescente no último quarto do século XIX, com grande imigração estrangeira, o progresso batendo à porta, colônias agrícolas ao redor do centro, as raízes da cultura atual em formação.

O escritor Israel Gomy nos convida a embarcar em uma incrível jornada de uma família de imigrantes franceses vindos da Argélia em busca de uma vida melhor, passando por muitas dificuldades e nunca desistindo dos seus sonhos. Com uma pesquisa histórica muito bem elaborada, o leitor vai conhecer detalhes surpreendentes da história de Curitiba e do Paraná.

A história tem como pano de fundo a antiga colônia Argelina (ou "Bacachery"), onde hoje fica o bairro do Bacacheri. Lá existe um dos locais mais emblemáticos da cidade, a Casa do Burro Brabo, uma parada de tropeiros na beira da Estrada da Graciosa, que era um bar, hospedaria e também casa de damas de companhia.

É nesse estabelecimento, que mais se parece com um "saloon" do velho oeste norte-americano, que o personagem principal faz amizade com um enigmático imigrante inglês que frequenta o local, João Francisco Inglez.

Com um toque de realismo mágico e uma prosa que em muitos momentos lembra o escritor colombiano Gabriel García Márquez, o livro *Vá, Chérie!* vai proporcionar uma leitura criativa, didática, divertida e futurista, com um resgate histórico precioso para todas as gerações.

O que somos hoje é resultado direto dos nossos antepassados. Israel Gomy abre uma janela para o nosso passado e nos convida gentilmente para uma interessante viagem no tempo.

Marcos Juliano Ofenbock
Instituto Histórico e Geográfico do Paraná

Índice genealógico

1ª Geração

Léger (1843, Pfetterhouse, França)

Catarina (1843, Hockenheim, Alemanha)

2ª Geração: Filhos de Léger e Catarina

Jean (1864, Orã, Argélia)
Mudou o nome para João Theóphilo no Brasil

Henri (1868, Orã, Argélia)
Mudou o nome para Henrique no Brasil

Ana (1871, Curitiba, Brasil)

André (1872, Curitiba, Brasil)

Emma (1873, Curitiba, Brasil)

Joseph (1876, Curitiba, Brasil)

Jules (1880, Curitiba, Brasil)

Marie (1882, Curitiba, Brasil)

3ª Geração: Netos de Léger e Catarina

FILHOS DE HENRI (HENRIQUE):

Júlio (1891)

Luiza (1893)

Maria (1894)

Catarina (1895)

Levy (1896)

FILHOS DE JEAN (JOÃO THEÓPHILO):

João Theóphilo Júnior (1887)

José Augusto (1889)

Júlio André (1891)

PARTE I

Bem-vindos ao Brasil!

FOOOOOOOOOOOOOOOOOM!
— Depressa, *mon amour*! Senão vamos perder o navio! Os marinheiros estão apitando!

Léger, Catarina e seus dois filhos, Jean, de quatro anos, e Henri, de oito meses, entraram voando no porto de Marselha, onde o navio *Polymérie* estava prestes a zarpar. O destino final era o porto de Paranaguá, na província do Paraná, sul do Brasil. Seria uma viagem longa, desde o Mediterrâneo, cruzando o Atlântico Sul, até a costa brasileira. O sonho de uma vida melhor e mais próspera do que na Argélia tinha conquistado o coração de dezenas de famílias, incluindo a de Léger.

Léger nascera na Alsácia-Lorena, região do leste da França que passava por uma disputa territorial com a Prússia. Diante do contexto de uma guerra iminente, e não querendo se subjugar ao Império prussiano e, consequentemente, ter que pertencer à cultura germânica, Léger viu-se impelido a migrar para a Argélia, então uma colônia francesa.

Era a década de 60 do século XIX quando o navio aportou em Orã, no norte da África. Léger era jovem, cerca de vinte e cinco anos, e tinha todo o vigor para fazer sua vida no país francófono.

Rapidamente aprendeu o ofício de cervejeiro, diferente daquele que aprendera de seu pai, Joseph. A tradição familiar era a tecelagem e o ofício de *cantonnier*, operário do ramo de estradas, o que parecia estar presente no DNA da família, pois muitas gerações futuras se ocupariam das estradas de ferro.

Era novembro de 1868.

FOOOOOOOOOOOOOOOOOM!

O apito do navio avisava que estava finalmente zarpando. As quase quarenta famílias seriam as primeiras a deixar a Argélia rumo ao Brasil. Léger, assim como Jean e Henri, no colo de Catarina, começaram a acenar.

— *Adieu, maman! Adieu, papa!* — Léger gritou aos pais.

— *Adieu, mon fils!* — Eles enxugaram as lágrimas.

Léger conhecera Catarina na Alsácia, numa província francesa que faz fronteira com a Suíça e a Alemanha. Catarina, nascida na Alemanha, estudara num internato católico na Suíça, pois a família podia custear seus estudos. Ela falava alemão, francês e o dialeto suíço. Léger falava francês e o dialeto da Alsácia-Lorena.

Os dois decidiram se casar, quando a ameaça da guerra franco-prussiana adiou seus planos. Alguns anos antes, Léger se envolvera com uma jovem e acabara a engravidando. A princípio ele não quisera reconhecer o filho. Mas quando o menino tinha três meses de vida, assim o fizera, registrando-o como filho legítimo. Tragicamente, a mãe e o filho faleceram um mês depois. O bebê se chamava Auguste. Catarina nunca soubera dessa história, mas Léger contou a ela durante a viagem de navio. Ela olhou fixamente nos olhos do marido e disse:

— Ele se tornou um anjo! Vou rezar pela sua alma! — Tocou carinhosamente com as duas mãos o rosto de Léger e lhe deu um beijo na testa.

Léger e Catarina migraram então para a Argélia, casaram-se e tiveram Jean, o primogênito, e Henri. A cidade portuária de Orã, antes conquistada pelos mouros, possuía raízes culturais e religiosas árabes e oferecia uma oportunidade no ramo da tecelagem de tapetes, que Léger aprendera com seus ascendentes. Ele, no entanto, preferira fazer cerveja artesanal e vendê-la numa pequena bodega com seus irmãos.

Após a tomada da Alsácia-Lorena pelo exército do imperador prussiano Otto von Bismarck, a situação econômica da França, assim como a de suas colônias, piorava drasticamente. A colheita de lúpulo e cevada despencou, afetando a produção de cerveja. Os jornais franceses anunciavam o casamento de um oficial francês com uma princesa brasileira em Paris. Ambos apresentaram aos diplomatas uma grande oferta de terras férteis no Brasil. O Império brasileiro estava convidando vários países da Europa a propulsar a agricultura no Brasil, oferecendo lotes de terras em províncias como a do Paraná. O desejo de prosperidade imediata tinha seduzido muitos imigrantes europeus, que se estabeleceram predominantemente no Sul e no Sudeste, em colônias rurais e nas áreas urbanas.

— *Chéri*, o que vamos plantar naquelas terras? — perguntou Catarina, embalando o pequeno Henri.

— Tudo, *mon amour*! Já temos até moradia!

— *Oh-lá-lá!* — gritou Jean, com um pirulito na boca.

— Se *Dieu* quiser, seremos muito felizes no *Brésil*! — exclamou Léger.

— *Dieu* te ouça, *chéri*! — Ela sorriu para Henri enquanto o amamentava.

Era fevereiro de 1869. O navio *Polymérie* estava se aproximando da costa brasileira, e, antes de entrar na baía de Paranaguá, passou bem próximo de uma ilha linda, com um farol na parte mais alta. Os meninos pararam de brincar e começaram a apontar para o farol. O navio começou a apitar:

FOOOOOOOOOOOOOOOOOM!
FOOOOOOOOOOOOOOOOOM!

Todos os passageiros acenavam com seus lenços pela janela. Uma multidão aglomerou-se no porto de Paranaguá para dar as boas-vindas aos novos imigrantes. Alguns erguiam cartazes com mensagens como *"Bienvenue, salut"*. Haviam até preparado bandeirolas com as cores da França, enquanto uma fanfarra conduzia a Marselhesa.

As famílias se sentiram muito bem acolhidas, ainda mais quando ouviram os sinos da igreja matriz badalando. De repente, uma revoada de pássaros chamou a atenção de todos, inclusive da tripulação do navio. As aves tinham uma cor escarlate dourada que hipnotizava ao reluzir à luz do sol. Léger perguntou a um garoto nativo:

— *Qu'est-ce que c'est tout en rouge?* — E apontou para os pássaros.

Mesmo sem falar francês, o garoto respondeu:

— Guarás.

Imediatamente, Jean repetiu:

— "Guarrás".

— Não, não, guarás, com um "r"— retrucou o menino.

— *Oui*, "guarrás", *avec un "r"*.

A gargalhada foi geral.

— Como se chama essa cidade? — perguntou Catarina a Léger.

— "Parranaguá" — respondeu o marido.

— Não, madame — uma senhora interveio polidamente. — Paranaguá, com um "r" só.

— Ah, *bon*, "Parranaguá" — Catarina respondeu, desconcertada. E as duas riram sem parar.

Um marinheiro local que sabia falar francês saudou as famílias:

— *Bienvenue au Brésil!*

— *Merci beaucoup! À quelle province nous sommes venues?*

— "Parraná", *avec un "r"* — disse o marinheiro, rindo alto.

— "Pananá"! — Jean tentou a primeira palavra em português.

Passadas as festividades de boas-vindas, todas as famílias, inclusive a de Léger, teriam de ser registradas no serviço de imigração da cidade portuária, a mais antiga da província. Sob o selo imperial, elas estariam oficialmente acolhidas no Brasil.

A viagem, porém, não tinha terminado. Um percurso de mais de cinquenta quilômetros em estrada de barro e pedras, ainda em construção por mãos escravizadas e indígenas, numa altitude de quase mil metros, os esperava. Entre o litoral e a capital, uma belíssima cadeia de montanhas verdes, a serra do Mar, deveria ser atravessada por carroças puxadas por mulas. Todas as famílias sentiram uma grande apreensão no início da viagem com a subida lenta e íngreme da estrada, apelidada de Graciosa. Pouco a pouco, o medo foi dando lugar ao deslumbramento.

— *Mon Dieu!* — todos exclamavam ao avistar os imensos precipícios cobertos pela mata, entrecortados por quedas-d'água, que pareciam cobri-la como um véu de noiva.

O calor intenso do verão foi amenizando com uma neblina fria, e a estrada se estreitava entre os penhascos, com curvas sinuosas, por vezes perigosas. Catarina pôs-se a rezar, enquanto Léger segurava firmemente os filhos. A tarde vinha caindo quando a paisagem começou a se transformar.

— *Qu'est-ce que c'est là-bas?* — perguntou Jean, apontando para uma árvore com uma enorme copa em forma de taça.

— É um pinheiro, que chamamos de araucária — um ajudante que transportava as bagagens respondeu.

— *C'est magnifique!* — exclamou Catarina.

Nesse momento, caiu uma pinha dentro da carroça, e o ajudante mostrou a todos:

— Vejam as sementes dessa pinha! No inverno elas caem das araucárias, são deliciosas!

— *Comment?* Vocês comem isso? — perguntou, incrédulo, Léger.

— *Oui, monsieur!* E é do nome dessa semente que vem o nome da nossa capital, Curitiba.

— "Curritibá"?

— Curitiba, com um "r" só, quer dizer "muitos pinhões" na língua indígena. Isto aqui é um pinhão. — O rapaz o entregou para o pequeno Jean.

— "Pignon" — E o menino o deu para o irmão caçula, que tentou mordê-lo e espirrou.

— Esse clima parece bastante com o nosso lá na França, bem agradável — disse Catarina, limpando o nariz de Henri.

— Vamos parar um pouco para beber água da serra. É água pura e limpa — disse o líder da carreata.

Uma senhora ofereceu às famílias sua hospedaria, pois já anoitecia e ainda faltavam algumas horas para o final da subida da serra do Mar.

— Podem pousar aqui esta noite! Vou servir uma boa comida, pois todos devem estar famintos!

A dona da pensão serviu milho cozido, bolo de fubá e doce de banana.

Curioso, Jean perguntou à senhora o que tinha na panela de barro sobre a lenha em brasa.

— Barreado, meu filho. Já está quase pronto. Ficou quase um dia inteiro cozinhando.

— "Barreadô" *avec un "r"?* — perguntou Catarina.

— Não, madame, com dois "r" mesmo. — E todos deram gargalhadas.

Dona Siroba serviu o jantar para todos, passageiros e tripulantes da comitiva. Catarina ficou fascinada com o modo de cozinhar a carne, que, antigamente, era feita nas panelas de barro enterradas na areia quente. Ela misturou a carne ensopada extremamente tenra com farinha de mandioca, que ficava empelotada no caldo quente.

— *Mon Dieu, c'est delicieux!* — Todos os imigrantes aprovaram.

Após a refeição, dona Siroba ofereceu uma aguardente de banana, que de tão doce parecia um licor.

— *Hummmmm* — aprovou Léger —, vou comprar uma garrafa.

— Com que dinheiro, *mon chéri*? Nosso dinheiro não vale nada aqui — retrucou a esposa.

— Tome, *monsieur*! Pode levar! — E a mulher lhe deu duas garrafas.

— *Merci beaucoup, madame* "Sirrobá". — E mais gargalhadas.

Na manhã seguinte, todos saíram bem cedo para seguir viagem. Já estavam quase na altitude de mil metros acima do nível do mar. Sentia-se o perfume das hortênsias brancas, azuis e violeta, que pareciam cortejar a carreata de imigrantes franceses. Ao longe, um canto peculiar, que ia aumentando aos poucos.

— Uma gralha-azul! — o cocheiro gritou.

— OOOOHHHHHH! — Todos ficaram deslumbrados com a ave de penugem azul-escura e com a cabeça e o pescoço pretos.

— Sim, ela é belíssima! Por causa dela é que temos tantas araucárias por aqui. Ela enterra os pinhões com o bico para depois comê-los, mas alguns ficam pelo caminho, germinam e crescem.

— *Quelle belle la nature du* "Parraná"! — todos exclamaram.

— "Pa-na-ná" — balbuciou Henri. A ave pousou na sua cabeça, apanhou com o bico prateado o pinhão que estava na mão dele e saiu voando.

BEM-VINDOS A CURITYBA!,[1] avisava uma placa ao longe.

— Falta pouco para chegarmos! — informou o líder da comitiva.

— *VIVE LA "CURRITIBÁ"! VIVE LE "PARRANÁ"! VIVE LE BRÉSIL!* — todas as famílias comemoravam.

Passaram mais algumas horas até a comitiva chegar ao centro da cidade, todo decorado com bandeirolas do Brasil e da França. Havia até uma banda que tocava a Marselhesa enquanto os novos moradores se aproximavam. O presidente da província do Paraná e o prefeito de Curitiba estavam presentes para a inauguração da colônia que iria receber os imigrantes. A colônia do vale do rio Bacachery.

— Bem-vindos à nossa terra, queridos imigrantes! A prosperidade os aguarda! — acolheu-os o presidente da província, enquanto os locais balançavam as bandeiras dos dois países.

— *BIENVENUE! BIENVENUE!* — gritavam em uníssono.

A colônia rural foi a primeira a ser estabelecida nos arredores da cidade. Era uma extensa área de terra não cultivada,

---

1   Até 1919 o nome da cidade era escrito de duas formas, Curityba e Corityba.

arrendada por latifundiários para a extração de madeira. Essa era uma das principais matérias-primas da economia da província paranaense.

Os proprietários tinham um período para explorar uma área demarcada com uma vegetação nativa de pinheiros, as araucárias. Após o tempo determinado, as terras foram devolvidas ao governo provincial, que as concederia para as famílias de imigrantes, em lotes preestabelecidos.

No entanto, nos lotes não havia casas, teriam de ser construídas pelos próprios colonos como moeda de troca pela concessão das terras. Apenas receberiam um quarto para dormir na casa dos empregados dos latifundiários, a maioria escravizada. Diariamente, cortavam as toras de madeira das árvores e as amarravam em tamanhos iguais, antes de usá-las para a construção das moradias. Léger, que nunca tinha trabalhado tão pesado, reclamou para Catarina:

— Olhe as minhas mãos! — E lhe mostrou as bolhas.

— Paciência, *chéri*. Em pouco tempo nós teremos nossa casa pronta e poderemos plantar tudo o que quisermos.

Os meses foram passando após a construção das casas, e os colonos nada recebiam da província para preparar as terras para o plantio. Eles enviaram uma petição ao presidente da província da época, em 1869, Antônio Augusto da Fonseca, pedindo "diárias durante seis meses, arados e uma junta de bois para cada família".

PARTE II

A colônia Argelina

Catarina estava grávida do terceiro filho. Diferentemente das escravizadas grávidas, as imigrantes teriam filhos que seriam cidadãos livres. Isso só mudaria em setembro de 1871, graças à Lei do Ventre Livre, pela qual todos os filhos de escravizadas nasceriam livres. Anna nasceu em abril do mesmo ano, quando foi instalada a primeira indústria movida a vapor do Paraná e a água potável foi canalizada no centro da capital, graças à audácia do engenheiro Antônio Rebouças.

Catarina engravidou novamente, e André nasceu em fevereiro de 1872. No mesmo ano, Curitiba contava com cerca de 1.500 imigrantes entre os seus 9.500 habitantes. Segundo registros históricos, a presença de grande quantidade de germânicos na área urbana de Curitiba permitiu o início do processo de industrialização da cidade.

Em 1873, a estrada da Graciosa, que ligava Curitiba ao litoral, em Antonina, foi inaugurada. Às margens da estrada, a uma distância de quatro quilômetros da cidade, ficava a colônia, no vale do rio Bacachery, que, no início, contava com 117 imigrantes: 39 deles eram franceses vindos da Argélia (chamados de *pieds-noirs*, ou "pés-pretos", em português); 36 eram alemães; 24 suíços; 10 eram suecos e 8 ingleses; posteriormente, juntaram-se a eles 5 escoceses.

Como a maioria dos imigrantes era franco-argelina, a colônia do Bacachery passou a ser chamada de colônia Argelina, dividida em 33 lotes. Em um deles morava a família de Léger, porém a casa era muito pequena para acomodar sete pessoas. Em novembro de 1873 veio o quinto filho, Emma. Seis meses depois, Léger decidiu comprar um lote de outro colono franco--argelino, *monsieur* Rénaud, que tinha uma casa maior. No entanto, o título de posse do terreno para poder beneficiá-lo para a agricultura tinha de ser concedido pelo agente oficial de colonização, o senhor João Baptista Brandão de Proença. Léger teve que apelar diversas vezes para o presidente da província da época, Frederico Abranches. Como não tinha o domínio do português, ele precisava da ajuda de um tradutor, Gustavo Augusto de Castro, para escrever as suas cartas.

Primeira carta:

> Diz o colono Léger, estabelecido na colônia Argelina desta Província, que, tendo a mais de um mez comprado do colono León Renaud a caza No.12 situada na mesma colônia e suas benfeitorias, e tem assim o lote No.12 da floresta pertencente a mesma caza, como prova o documento juncto, e desejando o Supp. tractar d'essa caza e beneficiar para cultura os terrenos a ella pertencentes, vem primeiramente impetrar da V. Exa. a graça de mandar passar-lhe o competente título de posse d'essa caza e terrenos a ela pertencentes,

com as clauzuras de estillo, sugeitando-se o Supp. a todo e qualquer [...] que seja estipulado pelo Governo relactivamente a essa colônia. Curityba, 13 de junho de 1874.

Segunda carta:

Diz Legé, colono francês, estabelecido na colônia Argelina, que, achando-se sua mulher gravemente enferma, e faltando-lhe os recursos médicos e os respectivos medicamentos, tendo além disso o supplicante cinco filhos menores, se vê o suppl. na contingência de recorrer à V. Exa. a implorar sua protecção, a fim de ser o suppl. socorrido no deplorável estado em que se acha. O agente de colonisação diz que nada pode fazer a semelhante respeito, e que só V. Exa. com a bondade que o caracterisa poderá fazer minorar os soffrimentos do suppl. que espera. Curityba, 27 de junho de 1874.

Terceira carta:

Diz Léger, colono argelino, cazado, tendo cinco filhos, tendo o mais velho 11 anos de idade, que, achando-se sua mulher gravemente enferma a mais de dois mezes, e conquanto lhe tenha sido ministrado alguns socorros que prestão a medicina, contudo não tem sido possível conseguir o seu restabelecimento, como pode afirmar o D. Parigot, por cujo motivo não pode o supplicante aplicar-se ao trabalho, por ter se estar em caza tractando de seus filhinhos, pelo que, requereo a V. Ex. para por equidade ao mízero estado em que se acha o supplicante e sua família, lhe mandasse abonar qualquer quantia para ajudar a manter seos pobres filhos; cujo requerimento não foi até hoje despachado; por isso, vem o supplicante novamente confiado na philantropia e bem formado coração de V. Ex. impulsionar favorável deferimento a seu pedido. Curityba, 13 de agosto de 1874.

O clima frio e úmido de Curitiba não era favorável para o plantio da maior parte dos grãos, como milho e feijão. Durante o inverno, as geadas matinais queimavam qualquer semente que tentasse germinar. Havia ainda uma grande área de mata fechada, e os homens cortavam lenha para vender e aquecer os próprios alimentos e suas casas durante o clima frio.

A subsistência da família de Léger era dificultada ainda mais pela saúde debilitada de Catarina, que não conseguia trabalhar na lavoura devido ao reumatismo crônico. Sendo assim, ela lidava com a criação de galinhas, marrecos e outras aves e mal conseguia moer o milho para alimentá-las. Uma das poucas plantações que rendiam era a de centeio, batata e as de alguns outros tubérculos.

O casal contraía dívidas no comércio para ter o mínimo de alimento em casa. Catarina chorava todas as noites, enquanto seus filhos dormiam.

— *Mon amour*, o que será de nós nesta terra? Já não aguento mais tanta penúria!

— Calma, *chérie*! Tenhamos esperança de que o presidente da província perdoe nossas dívidas e nos dê uma terra melhor. Nossos vizinhos colonos também estão reclamando, mas muitos estão vendendo seus produtos no comércio do centro da cidade.

— Mas nós nunca passamos tanta necessidade assim, mesmo quando tivemos que sair da Alsácia por causa daquela maldita guerra! Nem mesmo na Argélia, por causa daquela seca horrível.

— É verdade, *mon amour*! Tenho saudades dos tempos em que nos conhecemos na Alsácia, e depois em Orã, onde nos casamos e tivemos os nossos filhos, Jean e Henri. Eu adorava fazer cerveja e vender no comércio árabe de Orã.

— Sim, tínhamos uma vida simples, mas muito feliz. Quem nos dera voltarmos para a França! Mas essa guerra não acaba nunca... Maldito Bismarck, que roubou a nossa amada Alsácia-Lorena!

— O problema, *chérie*, é que nos venderam um sonho de prosperidade com terras onde pudéssemos plantar, nos alimentar, vender nossas colheitas e morar com nossos filhos. Mas ainda bem que não estamos sós na colônia! Temos os nossos vizinhos suíços, ingleses, italianos, alemães, suecos... Conseguimos fazer negócios entre nós, mas o solo daqui é muito pobre, e o clima não ajuda! Só a erva-mate vai para a frente nessa terra, mas não nos ensinaram a extrair e secar as folhas. Eles mandam a erva em barricas para o Sul e para os países de fronteira, e lá eles bebem o mate com água bem quente, quase fervendo, numa cuia.

— Oh-lá-lá! — exclamou Catarina —, prefiro um *café au lait*.

— Eu também, mas o leite é muito caro! Já pedi várias vezes para o agente de colonização uma vaca leiteira, que também nos haviam prometido. Lembra que não tínhamos nem direito à alimentação quando chegamos aqui? Graças aos nossos conterrâneos Belache e à *madame* Sauzier, que tinham um hotel na rua das Flores, conseguíamos comprar comida com as nossas economias trazidas da Argélia.

— Lembro sim, *papa*! — interveio Jean. — Nossa casa só ficou pronta muito tempo depois, e só comíamos ovo com "farrofá" de "pignon"!

— Verdade, *mon fils*! Aquele comerciante português José Loureiro Fernandes só construiu cinco casas, em vez das trinta contratadas. Então, tivemos que ajudar na construção, porque nossa hospedagem parou de ser paga pela província e não tínhamos como pagar...

— Léger, você não acha que deveríamos ter uma escola para nossos filhos aqui na colônia? Eles precisam aprender a língua portuguesa.

— *Oui, chérie*, já pedimos para o agente de colonização.

A primeira escola primária mista foi fundada na colônia Argelina em 1874, por Frederico Abranches. Era época do Advento do ano de 1875. Catarina estava grávida do sexto filho. Católicos, eles iam às missas de domingo de manhã na igreja da Ordem, pois a igreja Matriz tinha sido demolida naquele ano. Lá, encontravam-se todas as nacionalidades, imigrantes de todas as colônias. Apesar das línguas diferentes, todos se uniam pela fé. Bem na entrada da igreja havia um presépio de tamanho natural. No final das missas, as crianças se reuniam para brincar e rezar, e algumas eram batizadas, inclusive Emma, André e Anna, a caçula.

Na noite de Natal, todas as famílias católicas iam à igreja, antes de aproveitarem a ceia comunitária, oferecida pelos colonos mais abastados. A ceia daquele ano foi na casa de

Joseph Blanchet, fabricante e vendedor de balanças. A casa do francês estava decorada com um pinheirinho natural, com pinhas penduradas nos galhos, todas pintadas de um prateado brilhante; na base da árvore, um presépio feito de barro por escravizados alforriados. Na mesa, uma farta ceia com peru assado, batatas e salada de folhas. A bebida era cidra de maçã e, de sobremesa, sagu de vinho com licor de banana feito em Antonina.

As crianças cantavam "Noite feliz" e outras cantigas natalinas em seus próprios idiomas. Léger acompanhava o repertório no acordeão. Tocou inclusive a Marselhesa, enquanto outros colonos também entoavam os seus hinos nacionais. Havia bandeirolas de diversas nações, e elas se misturavam com a bandeira imperial brasileira. À meia-noite, durante a ceia, todos desejaram uns aos outros Feliz Natal.

— *Joyeux Noël!*
— *Buon Natale!*
— *Frohe Weihnachten!*
— *Merry Christmas!*

***

Na colônia Argelina, nem tudo eram flores. Certa vez, houve uma desavença entre dois colonos, que acabou em morte. O suíço Albert Girard foi assassinado por um sueco com um golpe de machado. Tinha apenas vinte e um anos. As invasões eram frequentes por intrusos que reivindicavam uma área comum. Os colonos faziam abaixo-assinados ao presidente da província para que transformasse a mata cheia de araucárias em lotes.

Outra reivindicação frequente era por uma vaca leiteira. Antoine Chatagnier e Léon Renaud apelaram para uma lei, de 1872, que permitia aos imigrantes franceses receberem o valor de 45$000 (quarenta e cinco mil-réis), o valor de uma vaca de leite. O pedido foi negado pelo inspetor das colônias de Curitiba, alegando que a colônia Argelina era suburbana, não rural, como a Assunguy, que ficava a cento e nove quilômetros da capital.

Essa colônia, fundada antes da Argelina, assim como as outras colônias do interior do Paraná, não prosperava, devido à escassez de meios de transporte para vender os produtos da lavoura no mercado. Além disso, os colonos eram impelidos a contrair enormes dívidas com os latifundiários, que compravam as mercadorias a preços baixíssimos e faziam empréstimos aos colonos. A estrada da Graciosa, por outro lado, permitia o escoamento dos produtos para o comércio da capital, e para o porto de Antonina. Assim, enquanto as colônias rurais do interior produziam muito e escoavam pouco, a colônia Argelina produzia pouco, mas facilitava o comércio entre os colonos.

Não havia, no entanto, disputa entre as diferentes colônias. Havia desavenças na própria colônia, pois muitos benefícios favoreciam uns e não outros. Certa vez, uma mulher grávida foi agredida por uma vizinha da mesma colônia, Leontina Blanchet. Essa senhora atirou contra o ventre da grávida um osso e uma ferradura, quase lhe provocando o aborto. Noutra ocasião, dois franco-argelinos trocaram insultos por meio de um jornal local.

Em virtude da falta de prosperidade na colônia Argelina, e da contração de dívidas com o governo provincial, muitas famílias decidiram retornar à Europa, enquanto outras se mudaram para colônias mais férteis. A colônia Santa Cândida era uma delas. Foi criada em 1875 por incentivo de Adolpho Lamenha Lins, presidente da província na época. Situava-se a oito quilômetros de Curitiba, e também margeava a estrada da Graciosa, entre os rios Bacachery e Atuba. A maior parte dos colonos era de poloneses, mas havia também franceses, que prosperavam devido à melhor qualidade do solo. Cultivavam milho, batata, centeio e cevada. Havia na colônia uma igreja e uma escola. Algumas famílias francesas também migraram para a colônia Orléans — nome em homenagem ao conde D'Eu, casado com a filha do imperador do Brasil, a princesa Isabel — e a colônia Rivière — homenagem ao engenheiro francês Henrique Rivière. A integração entre os colonos poloneses e franceses era comum.

Léger conheceu um polaco chamado Marian, que vendia seus produtos num armazém próximo da colônia Argelina, na estrada da Graciosa. Marian tinha uma vasta plantação de cevada na colônia Santa Cândida. Eles se tornaram amigos, pois Léger conhecia muito bem a arte de fazer cerveja, porém nunca conseguira comprar sementes do grão, pois eram muito caras. Marian lhe vendeu algumas sementes a um preço bem mais baixo. Com a ajuda de Jean e Henri, prepararam a terra com arado e a fertilizaram com esterco de porco. Plantaram as sementes de cevada, cheios de esperança.

— Agora é rezar para que elas germinem e cresçam bem fortes! — exclamou Marian.

— *Bien sûr, mon ami!* — respondeu o francês.

Todos os dias, antes de dormir, Léger, Catarina e os cinco filhos rezavam para que o clima favorecesse o cultivo da cevada.

Nasceu o sexto filho do casal no dia de São José. Dez meses depois, em janeiro de 1877, faleceu Joseph, pai de Léger, em Orã, na Argélia. Era tecelão, pedreiro e trabalhador de estradas. Fazia tapetes como ninguém, inclusive os famosos e lindos tapetes persas. Léger não podia deixar sua família para enterrar o pai, então decidiu homenageá-lo batizando seu filho caçula com o mesmo nome, Joseph.

Naquele verão, houve condições climáticas perfeitas para que as sementes de cevada germinassem e crescessem até serem colhidos os grãos bem maduros.

— *Grâce à Dieu et à mon père*, Joseph! — Léger pedia todos os dias que seu pai intercedesse pela plantação.

Para comemorar, Léger convidou a família do amigo polonês para um almoço em sua casa, após a missa de domingo. O menu era frango na cerveja!

O ano era 1880. Catarina estava grávida do sétimo filho. Léger estava conseguindo manter a sobrevivência da família com a produção de cevada e a fabricação artesanal de cerveja. Devido ao fluxo intenso de viajantes, além do armazém, ao lado havia uma pousada — e, à noite, um bordel — na estrada da Graciosa. Era como se fosse um entreposto da longa viagem até o litoral. Léger teve a ideia de vender sua cerveja no armazém, mas o dono do estabelecimento, que se chamava Casa do Burro Brabo, convidou-o para trabalhar como garçom. Léger aceitou prontamente, pois, além de vender para o dono, receberia uma quantia a mais das gorjetas dos clientes.

Devido à situação endividada da família, que aumentava ano após ano, e a condição precária de saúde de sua esposa, o colono francês não hesitava em trabalhar todos os dias, inclusive aos domingos. A princípio Catarina ficou receosa, pois o ambiente era propício para bebedeiras, brigas e prostituição. Ao se deitarem, antes de dormir, ela o indagou:

— *Mon chéri*, tem certeza de que esse trabalho vai nos ajudar? Naquela pousada tem tipos de toda espécie! Ouvi falar que lá funciona um bordel, e que o apelidaram de "casa das francesas"! *C'est un scandale!*

— Não se preocupe, *mon amour*! Meu trabalho vai até às oito da noite e o bordel só abre às dez. Só preciso das gorjetas para juntar dinheiro suficiente para pagar nossas dívidas com o inspetor da colônia e para comprar seus remédios.

— Tem razão, mas me prometa que não vai se meter em bebedeiras com gente violenta e vulgar, nem se engraçar com aquelas putas! — ela disse, num tom ameaçador.

— Juro que não! *Je t'aime, mon amour!* — Ele lhe deu um beijo carinhoso de boa-noite.

Em maio de 1880, houve uma visita ilustre na capital da então mais jovem província do Império brasileiro. Dom Pedro II e a imperatriz Theresa Cristina vieram ao Paraná para o lançamento da construção da estrada de ferro entre Paranaguá e Curitiba.

> *Uma corte de meninas, todas de branco, cingidas por faixas auriverdes, coroadas com os nomes de cada um dos municípios da província, espargiu flores sobre os augustos imperantes, no momento de pisarem nas terras da província.* – Noticiava o jornal *Dezenove de Dezembro*.

A comitiva chegou a Paranaguá no dia 18 de maio, e lá permaneceu por dois dias. Foi recebida por banda de música e pelas autoridades locais, entre as quais, o presidente da província, o barão de Nácar. Seguiram pela baía até Antonina, onde, de manhã cedo, tomariam a estrada da Graciosa até Curitiba.

Suas majestades transpuseram a serra, sem grande incômodo, depois de serem recebidos em São João da Graciosa, que, em toda a sua extensão, embandeirada em arcos elegantes, estava em festa. — Continuava o jornal.

Durante o percurso, tropas de cocheiros juntaram-se à comitiva imperial. O nobre interessou-se muito pelo pinheiro e pela erva-mate, e parou onde havia um engenho a vapor, em que o pinho era serrado.

Curitiba estava preparada com três mil pinheirinhos e com foguetórios que anunciavam ao longo do trajeto a chegada das majestades. A recepção, no começo da tarde, teve pompa e circunstância, com a guarda de honra e uma cavalaria com quatrocentos alemães, que carregavam bandeiras do Brasil e da Alemanha. Delegações das vinte e uma colônias da capital, dentre elas a Argelina, portavam bandeiras de diversas nações. A família de Léger balançava bandeirolas com as cores da França. O casal imperial surpreendeu a todos ao descer da carruagem, apesar da lama, para saudar as mais de cinco mil pessoas, que retribuíram com uma chuva de flores. Os monarcas receberam do presidente da província a chave da cidade, e um longo discurso havia sido preparado pelo doutor Tertuliano de Freitas, interrompido pelo próprio imperador.

Seguindo, a carruagem imperial passava por arcos de flores que adornavam as ruas até o largo da Matriz, onde o casal seria hospedado no palacete do comendador Antônio Martins Franco. O chefe da comitiva, logo antes da chegada do casal, avisara que o imperador não dormiria no mesmo quarto da imperatriz, e, às pressas, foi providenciada "uma alcova sem luz na entrada da casa". Às cinco da tarde, o nobre visitou uma estação telegráfica, que unia a província à malha do país. Ao anoitecer, o povo fez fila no largo da Matriz para o beija-mão no salão principal do palacete. Segundo um jornal:

> Estando deslumbrantemente iluminada a cidade de Curitiba, começaram as manifestações populares, como se fossem ondas a se precipitarem para frente do Paço, acompanhadas de músicas e iluminadas por archotes, requintando em delirante entusiasmo, todas as vezes que SS. MM. se dignavam a apresentar-se às janelas, para com gestos expressivos agradecer as saudações. Toda a cidade movia-se num só diapasão de frenético prazer.

No dia seguinte, com os gramados cobertos de uma fina geada, logo cedo o imperador visitou o Museu Provincial. No seu diário, escreveu:

Fui ao museu do Ermelino (de Leão). Está bem arranjado, curioso na parte de história natural, mineralogia e sambaquis.

O *Jornal do Comércio* relatou que Dom Pedro II viu no museu pinhas "do tamanho de melancias". Na volta, juntou-se à imperatriz e foram à recém-restaurada igreja da Ordem Terceira de São Francisco das Chagas para assistir a uma missa cantada. A antiga igreja Matriz de Nossa Senhora da Luz dos Pinhais havia sido demolida cinco anos antes, e uma nova estava sendo construída.

No mesmo dia, o casal imperial também inauguraria a Santa Casa de Misericórdia, o primeiro hospital de Curitiba.

Naquele dia, passeavam em uma diligência pela cidade, cujas ruas estavam enlameadas pela chuva. Ao atravessar uma ponte sobre o rio Tibagi, os animais sob as rédeas se assustaram e pararam o carro abruptamente, quase provocando um trágico acidente, não fosse a destreza do condutor. Para a inauguração do hospital, quase duas mil pessoas aguardavam a realeza nos jardins e no saguão. Durante a cerimônia religiosa, na capela, o casal imperial presenteou a cidade com uma belíssima imagem da Pietá, feita de cedro policromado.

No saguão, parte da decoração era um retrato em tamanho natural de Dom Pedro II, e quatro escudos em que se liam, em latim, louvores à caridade monárquica. O jornal da corte reportou:

> *Uma pedra de mármore embutida na parede mostrava a seguinte inscrição: "Inaugurado em 22 de maio de 1880, na augusta presença de suas majestades imperiais, sendo o presidente da província o Ex. Sr. Doutor Manoel Pinto de Souza Dantas e o provedor o Ilmo. Sr. Dr. Antônio Carlos Pires de Carvalho e Albuquerque".*

Ainda no mesmo dia, a comitiva visitou a chácara do barão de Capanema, e o imperador fez questão de registrar em seu diário que havia "140 variedades de peras, 40 de maçãs, dálias e azaleias".

No dia seguinte, o imperador teve vários compromissos: inspecionou a cadeia pública de Curitiba, visitou o mercado municipal e inspecionou o quartel da cavalaria. Dom Pedro ficou impressionado com os carroções com toldo, puxados por meia dúzia de mulas, parados ao lado do mercado municipal.

"Que carroções são esses que nunca os vi nem no Rio nem na Bahia?", perguntou.

Após o almoço, ele visitou a colônia Santa Cândida, onde foi recebido por cavalgadas de colonos poloneses e italianos, usando chapéus de penacho. O ilustre casal passou também na colônia Argelina, e lá foi recebido pelo casal de colonos franceses Antoine e Françoise Chatagnier. Ao se aproximarem da nobreza, a guarda imperial posicionou-se para proteger o casal, pois o francês estava com o pé enfaixado e calçava chinelo, por ter pisado num prego. Passado o susto, os Chatagnier receberam os nobres monarcas em sua modesta casa de taipa. Entregaram-lhes uma petição para a construção de uma escola na colônia. Ao sair para ver a horta do casal, Dom Pedro deixou cair sua cartola, que rolou até a cozinha. Sentiu um aroma peculiar. Abriu a panela e havia uma enorme quantidade de pinhões cozinhando sobre o fogão a lenha. Não resistiu e provou um, deliciando-se.

A imperatriz recebeu da senhora Chatagnier um urinol de louça. No percurso de volta, pararam na Casa do Burro Brabo para o imperador ir ao banheiro. A comitiva seguiu para a fundição do alemão Matias Müller, que fizera fortuna na cidade. O imperador perguntou-lhe, enquanto Matias trabalhava na sua bigorna, se era verdadeira a história de que o alemão enriquecera por ter achado uma panela com ouro enterrada no seu terreno. A resposta, sem cerimônias, foi:

— Panela de ouro? Tudo o que encontrei foi em cima dessa bigorna!

A imperatriz Theresa Cristina já estava exausta dos compromissos do dia, e, à noite, ainda assistiram a um concerto com chá no Museu Provincial. A peça era o "Hino do Guayrá — marcha triunfal concertante". Dom Pedro II levantou-se no outro dia bem cedo, apesar do frio intenso. Fez suas orações, foi vestido por cortesãos, e saiu às sete horas para visitar o templo luterano, uma igreja construída em enxaimel. Foi a primeira no Brasil a ter arquitetura de templo cristão, com torre, sino e tudo.

No dia 5 de junho, após oito dias de viagem pelos Campos Gerais, o casal imperial retornou à capital para inaugurar o início da construção da ferrovia Paranaguá-Curitiba. O projeto da estrada de ferro fora idealizado dez anos antes pelos irmãos Antônio Pereira Rebouças Filho e André Rebouças, os primeiros engenheiros negros do Brasil. Eles previam que a estrada começaria em Antonina, atravessaria as províncias do Paraná e Mato Grosso, cruzaria a fronteira da Argentina com a Bolívia e chegaria finalmente até o oceano Pacífico. A palavra final, entretanto, de onde começaria a ferrovia foi de Dom Pedro II. Ele se reuniu durante três horas com os irmãos Rebouças, analisando as cartas hidrográficas, e decidiu que partiria de Paranaguá, devido ao fato de o canal de acesso a Antonina estar bloqueado por um navio encalhado.

Por influência do barão de Mauá, em 1871, a construção foi concedida à empresa francesa *Compagnie Géneral des Chemins de Fer Brésiliens*, sob a direção do engenheiro italiano Antonio Ferrucci. Até hoje, é considerada umas das obras mundiais mais arrojadas da engenharia de estradas, pois cortava uma região montanhosa em alta altitude, coberta pela Mata Atlântica. As pontes de ferro haviam sido pré-fabricadas pela firma belga *Societé Anonyme de Travaux Dyle et Bacalan*.

O lançamento da pedra fundamental foi no escritório do engenheiro Ferrucci.

Durante a solenidade de inauguração, um cofre de ferro contendo a cópia da ata do início dos trabalhos, moedas e jornais do dia foi enterrado, e seria aberto somente cem anos depois, para as festividades do centenário da ferrovia. No Museu Provincial, à noite, aconteceu uma festa de gala, presidida pelo casal imperial. Música e danças típicas sucederam o Hino Nacional e adentraram a madrugada. O jornal oficial do Império reportou que, após Dom Pedro ter anunciado a primeira dança, "o vasto salão do museu tornou-se pequeno para acomodar o crescido número de pares que dançavam".

A saga da comitiva imperial pelo Paraná durou vinte dias e contou com imprevistos e percalços, e alguns cavalos mortos. O imperador anotava tudo em seu diário: "Era um Paraná primitivo, uma província em construção". Ele se interessou bastante pelas riquezas naturais, como o pinheiro e a erva-mate, assim como pelos colonos imigrantes da região. O monarca concluiu, em seu diário:

O Paraná é uma bela província, de grande futuro. O frio fortificou-me. Em Curitiba, chegou a fazer dois graus abaixo de zero...

No inverno de 1882, Catarina deu à luz sua filha caçula, Marie. Fazia muito frio, então Léger foi cortar lenha para aquecer a casa. Ele continuava plantando cevada com as sementes de seu amigo polaco. Naquele inverno, porém, houve uma geada muito forte, chamada de geada "negra", aquela de que todo colono tinha pavor, pois queimava todos os germes dos grãos. Léger e Marian perderam toda a colheita daquele ano, e não havia estoque de sementes para vender e plantar. Sem muitos recursos, e tendo que depender das gorjetas como garçom na Casa do Burro Brabo, a família de Léger começou a passar uma enorme necessidade. Catarina vendeu toda a sua criação de aves.

Viram-se obrigados a pensar em pedir dinheiro emprestado aos seus vizinhos colonos para voltar à França, mesmo que a Alsácia ainda estivesse ocupada pela Prússia.

Antes disso, porém, Léger teria que obter a cidadania francesa dos seus filhos nascidos no Brasil, já que os dois primeiros tinham nascido na Argélia, então pertencente à França. O colono pediu autorização ao agente de imigração para ir a Paranaguá, sede do consulado francês. Léger soubera que estavam construindo uma estrada de ferro até o litoral, e que a concessão era de uma empresa francesa. Ao chegar em Paranaguá, foi registrar a cidadania dos seis filhos. Caso voltassem à Argélia, seriam tratados como cidadãos franceses.

Antes de pegar a comitiva de volta à capital, Léger foi ao porto de Paranaguá, em que havia desembarcado em 1869. Ele queria saber se havia algum trabalhador francês na ferrovia, pois estavam prestes a inaugurar o primeiro trecho da estrada. Por coincidência, ele estava lá no momento da inauguração, e conseguiu uma passagem de um trabalhador francês, Louis.

Era novembro de 1884, e Curitiba estava em polvorosa para a recepção da primeira comitiva do trem. A inauguração oficial da ferrovia seria feita pela princesa Isabel e seu esposo, o conde D'Eu. Durante o percurso, na cidade de Morretes, *flamboyants* floridos embelezavam ainda mais a cidade pitoresca, banhada pelas águas do rio Nhundiaquara. Na comitiva estavam Ferrucci, o engenheiro italiano, e o diretor francês da concessionária, *monsieur* Courau. Léger infiltrou-se na comitiva e, antes da chegada, teve um sobressalto. Aproximou-se do diretor francês e implorou, de joelhos, que contratasse seu filho Jean para trabalhar na construção da estrada até Curitiba, o trecho mais perigoso.

— *S'il vous plaît, monsieur!* — apelou Léger.

— *Oui, bien sûr, monsieur!* — respondeu, desconcertado, o diretor. — Se ele for maior de idade e tiver a saúde forte, pode começar amanhã mesmo.

— *Oui, mon fils a dejá 18 ans et il est très fort!*

— *D'accord!*

— *Merci beaucoup, monsieur!* — O colono chorou de emoção.

— *Je vous en prie, mon chèr!* — O diretor emprestou-lhe o seu lenço.

Durante o trecho da viagem, eram servidos bolos especiais, com café e balas de banana feitas na região da serra. Léger não hesitou em pegar uma dúzia delas. De volta a Curitiba, Léger contou a boa notícia para a família. Catarina estava aos prantos, e Jean cobriu seu pai de beijos.

— Vamos comemorar! — Léger deu a cada um dos filhos, inclusive ao caçula, uma bala de banana.

No dia seguinte, Jean juntou-se aos operários da empresa francesa e se apresentou a Ferruci, que o registrou prontamente. O salário era o proporcional de horas trabalhadas por semana — entre dois e três mil-réis a jornada —, com direito a descanso de um dia e a tratamento médico, pois a malária era contraída constantemente pelos trabalhadores. O trabalho dos imigrantes na construção das pontes, túneis e trilhos da estrada sinuosa da serra do Mar era, ao mesmo tempo, deslumbrante, pela belíssima vegetação e quedas-d'água, e apavorante, pelos íngremes penhascos — muitos até perderam a vida. Eram somente europeus (franceses, italianos, belgas, suecos, suíços), pois o trabalho escravo era proibido por lei. Jean pegou malária pelo menos cinco vezes, ficando dias sem trabalhar para se recuperar da febre alta. Ele ajudava principalmente na colocação dos trilhos e na fundição do ferro. A última estação, em Curitiba, estava sendo construída, e fora projetada pelos italianos Antonio Ferruci e Michelangelo Cuniberti, que também projetaram duas praças enormes nas imediações, fomentando a abertura de ruas até o centro da cidade e de belos hotéis. Ferruci também havia participado da construção das ferrovias Bologna-Ancona-Roma e de Port Said-Suez, nas margens do canal de Suez.

Às dez horas da manhã do dia 2 de fevereiro de 1885, partiu de Paranaguá a locomotiva movida a lenha e vapor. Entre os passageiros, ilustres autoridades, como os ministros da Bélgica, França e Rússia. O percurso de 111 quilômetros levou 9 horas, passou por 10 estações, 15 túneis, 28 pontes metálicas e 4 viadutos; o maior deles era sobre o rio São João, feito com mais de duas mil toneladas de ferro, aos moldes do famoso engenheiro francês Gustave Eiffel. A chegada do trem a Curitiba foi tumultuada, pois muitos carroceiros se aglomeravam na estação da capital, em frente ao Largo da Estação, onde depois seria dado o nome de praça Euphrásio Correia.

Eles protestavam contra a inauguração da estação e da ferrovia, pois se sentiam ameaçados pelo novo meio de transporte de cargas, principalmente da erva-mate. Realmente, a exportação dessa e de outras matérias-primas como madeira, telhas e tijolos alavancou o desenvolvimento econômico da província paranaense, à custa de muito suor e sangue dos operários imigrantes, que arriscaram a própria vida para a conclusão de uma das obras mais desafiadoras do mundo na época.

Passado o tumulto na chegada da comitiva, os ilustres convidados foram recepcionados para um jantar para cento e cinquenta pessoas em uma das salas de bagagens da estação ferroviária. O cardápio, escolhido por um francês da corte imperial, trazia sopa de aspargos, *consommé*, trufas, peixes, carne de vitela e carneiro, tudo regado com vinhos finos. Durante o banquete, houve vinte e três discursos.

Os trens começaram a se movimentar três dias após a inauguração oficial. Jean ainda permaneceu trabalhando como maquinista e, depois, no serviço de transportes entre Curitiba e o porto de Antonina, até o ramal ferroviário que ligava Morretes a Antonina funcionar, em agosto de 1892.

Quando seu irmão Henri completou dezoito anos, também trabalhou para a companhia ferroviária francesa, que na ocasião estava construindo um ramal entre a capital e Ponta Grossa, no interior do estado. Henri trabalhava na colocação de trilhos que ligavam um dos prolongamentos da estrada, entre Restinga Seca e Porto Amazonas, concluída em 1895.

Continuar vivendo da lavoura passou a ser impossível na colônia Argelina, pois agora a estrada da Graciosa não era mais a principal via para o transporte das mercadorias. Além disso, havia um imposto das três mercadorias comercializadas, o que encarecia o produto da colheita vendido pelos colonos, gerando assim muitas greves e protestos na cidade.

A plantação era exígua, até mesmo para o próprio consumo. Com seus dois filhos mais velhos trabalhando para a companhia francesa de ferrovias, Léger não precisava mais trabalhar diariamente como garçom na Casa do Burro Brabo, mas somente nos finais de semana, dias de maior movimento de clientes.

Seu cliente mais fiel chamava-se João Francisco Inglez, como o próprio nome diz, de naturalidade britânica. Ele era um verdadeiro *gentleman*, falava baixo e pouco. Sempre cortês, era o cliente que dava as maiores gorjetas. Abria, como de costume, seu jornal enquanto tomava cerveja. Sabia falar francês, pois fora educado num colégio para a aristocracia britânica, o Eton College. Léger e Inglez acabaram fazendo amizade, pois o marido de Catarina servia (e fazia) a cerveja ao gosto do freguês, bem gelada e amarga, com malte escuro.

— *La bière, s'il vous plaît, monsieur Léger!*
— *Voilà, monsieur L'Anglais!* — como o chamava.
— *Santé! Cheers!* — O velho inglês sempre fazia um brinde e pagava uma rodada para todos no bar.

No final do expediente, Léger gastava todas as gorjetas pagando ao Inglez mais cervejas, e os dois bebiam juntos até se embriagarem. Um contava ao outro suas amarguras, mas o inglês se calava quando o assunto era o passado, e nunca falava seu nome verdadeiro. Parecia que guardava algum segredo, pois seu semblante era sisudo, um tanto quanto sofrido, como se carregasse algo no coração mantido a sete chaves.

Um dia, Léger contou ao cliente que sua esposa estava doente, tinha oito filhos, sua terra estava improdutiva e que vivia com as gorjetas do estabelecimento.

— O senhor acredita que nos prometeram aqui uma vida cheia de prosperidade? Até uma vaca leiteira nos tinham prometido, e até hoje nunca recebemos!

O inglês, sempre compenetrado, ouvia com atenção, mas falava pouco. No entanto, ao ler a notícia no jornal, exclamou forte:

— Hoje é um dia de festa! Viva a liberdade! Acabou a escravidão!

— Viva! — todos responderam.

— *Liberté, égalité, fraternité!* — Léger respondeu.

No dia 13 de maio de 1888, a princesa Isabel assinou a Lei Áurea, abolindo a escravidão no Brasil, tornando todos os escravizados cidadãos livres. No final do expediente, todos, embriagados, cantavam nas ruas gritos de liberdade. Léger recebeu naquela noite a maior quantia de gorjetas de sua vida, uma delas em especial.

— Não mereço tão grande valor, *monsieur L'Anglais*.

— Você merece pelo seu árduo trabalho, por sua família necessitada e por sua esposa doente — respondeu o *gentleman*, que vestia terno, gravata e um chapéu de lorde inglês.

— *Thank you, thank you, sir!* Agora vou poder comprar uma vaca leiteira! — E chorava profusamente.

— *You're welcome, my friend!* — O homem abraçou o garçom, que enxugava as lágrimas no terno inglês.

A extração de madeira e de erva-mate crescia exponencialmente em Curitiba e arredores, atraindo latifundiários estrangeiros. Um deles comprou terras próximas da estrada da Graciosa. Chamava-se Edward Young Stammers, cidadão britânico, que havia emigrado para o Brasil fazia dez anos, junto com seu irmão Alfred, para trabalharem numa companhia britânica de trens, em São Paulo. Edward tinha um espírito aventureiro e decidiu viajar a Curitiba para tentar a sorte como administrador de terras para o extrativismo da erva-mate.

Era 1879 quando ele chegou à cidade. O inglês ficou abismado com a quantidade de pinheiros cortados para extrair a madeira. Não demorou muito para que ele enxergasse o potencial da província, e, com sua abastada origem, comprou uma área de terra ainda sem proprietário e alugou uma casa no centro da cidade. Ainda não havia a ferrovia, então transportava o mate pela estrada da Graciosa. Logo, inevitavelmente, ele parava na Casa do Burro Brabo com suas carroças repletas de barricas de pinho cheias de erva. Tomava uma cerveja bem gelada e amarga antes de seguir viagem.

— *Bienvenue, monsieur!* — cumprimentou-o o garçom Léger.

Também letrado, o homem respondeu:

— *La bière, s'il vous plaît!*

— *Voilà!* — Léger serviu ao gosto do novo freguês.

— *Cheers!* — E todos levantaram seus copos.

Antes de seguir viagem, deixava uma bela gorjeta.

— *Merci, monsieur, vous êtes très généreux, et vous aimez aussi la bière comme un vieux Anglais que je connais.*

Não entendendo muito bem, o homem perguntou:

— *Who?*

— *Il s'appelle "Inglez", anglais en portuguais.*

— *An Englishman here in this city?* — o inglês perguntou, surpreso.

— *Oui, monsieur...*

— Young, Edward Young.

— *Enchanté!* — curvou-se o garçom.

— Como encontro este "Inglez"? Ele sempre vem aqui?

— *Fréquemment, monsieur Edouard.*

— Gostaria muito de conhecê-lo!

— Não sei onde ele mora, *monsieur*, mas talvez o dono da casa saiba, pois ele é um cliente antigo.

— Chame-o, *please!* — E lhe deu uma gorjeta.

— *Monsieur* Chatagnier! — Léger chamou o patrão.

— *Oui*, Léger, *qu'est-ce que tu veux?* — ele respondeu rispidamente.

— *Enchanté, monsieur!* — O homem levantando seu chapéu inglês. — Soube que o senhor tem um cliente compatriota meu, e eu gostaria muito de conhecê-lo.

— *Bien sûr, il s'appelle Anglais, pardon*, "Inglez".

— Entendi, *the Englishman*. — E deu risada. — Onde ele mora?

— Não sei ao certo, pois ele fala muito pouco, mas é bem longe daqui, no alto dum morro...

Intrigado, o jovem britânico decidiu encontrar o compatriota, embrenhando-se pelas colinas mais altas da cidade. Por semanas, todos os dias pela manhã, tentava encontrá-lo, perguntando para as pessoas. Ninguém o conhecia. Até que, enfim, a persistência impertinente — ou, diria, a impertinência persistente — de Edward foi satisfeita no mês de março daquele ano.

O velho inglês morava num pequeno rancho, bem simples, e escondido de tudo e de todos.

Na casa, feita de taipa, havia sala, dois quartos e cozinha. Os dois, apesar da diferença de idade, tornaram-se grandes amigos rapidamente, mas parecia que João Inglez guardava algum segredo. Seriam precisos outros encontros para que o revelasse ao compatriota.

Nenhum de seus amigos e parentes sabia o seu paradeiro, e o consideravam morto. Nascera na cidade de Cork, no sul da Irlanda, e, aos vinte e cinco anos, tornara-se oficial da Marinha Real Inglesa. Faleceria aos noventa anos, cinquenta deles vividos incógnito numa pequena vila no sul do Brasil: Curitiba. O ano era 1889, dez anos após o jovem e o velho britânicos terem se conhecido. Todos estavam nas ruas, cantando e gritando: "Liberdade, liberdade! Viva a República! Fora o império!".

No dia 15 de novembro, a monarquia imperial foi deposta pelo militar do exército Marechal Deodoro da Fonseca e estabeleceu-se a república no Brasil. A presidência da província do Paraná passou para os militares, e os colonos não precisavam mais se submeter aos agentes de imigração e às suas regras. A urbanização da capital crescia progressivamente, contava com bondes puxados por tração animal e havia um belo parque, construído para conter as incessantes enchentes fluviais na parte mais baixa da cidade. A luz elétrica já iluminava as estreitas ruas, cujos calçamentos eram cobertos por pedras em *petit-pavé*.

PARTE III

Uma vaca chamada Chérie

Na colônia Argelina, eram poucos os lotes habitados por colonos originais. Muitos se mudaram para outras colônias com melhores condições de cultivo da terra ou tentaram a vida na cidade. Com o fim do império, não havia mais restrições quanto às posses dos colonos, que podiam comprar e vender terras, animais e benfeitorias sem a prévia autorização dos agentes de colonização. No entanto, isso acabou gerando certa confusão entre as famílias, pois já não havia quem delimitasse os lotes abandonados.

No verão de 1890, houve uma invasão de capivaras na colônia Argelina, pois a vegetação ampla e o rio que a margeava eram atraentes nessa época do ano para a reprodução. Muitos filhotes acabaram sendo sacrificados, pois as carnes bovina e suína eram muito caras e escassas para a maioria das famílias que ainda moravam na colônia, incluindo a de Léger.

— *Papa*, essa carne é muito ruim! — reclamava a caçula Marie.

— Não reclame! — retrucou Catarina. — Ainda bem que temos carne de graça para comer. Faz anos que estamos nessa penúria!

— Não se preocupe, *ma petite*, o *papa* vai comprar uma vaca leiteira bem grande para nós.

— Oba! Teremos uma vaca! — todos os filhos comemoraram em uníssono.

— Mas, *mon chéri*, de quem você vai comprar? Duvido que alguém venda para nós! — Catarina observou, incrédula.

Léger conhecia dois irmãos, frequentadores da Casa do Burro Brabo, que tinham cada um uma vaca. Eram gêmeos e se chamavam Vladimir e Volodimir, imigrantes da Prússia. Aconteceu que uma delas fugiu, mas eles não sabiam qual delas, pois eram gêmeas idênticas. Então, viviam brigando, disputando a outra vaca. No bar, depois de terem bebido bastante vodca, chegavam a lutar fisicamente.

— A Vachechênia é minha!

— Não, ela é minha!

— Parem de brigar, *par Dieu*! — gritou Léger. — Eu compro sua vaca pelo valor de duas e vocês dividem o valor! — propôs o garçom.

— Você?? — duvidaram os gêmeos.

— *Oui, moi!* — retrucou ele, mais alto. — Eu tenho o dinheiro!

— Negócio fechado! — Ambos mostraram as mãos. Léger segurou as duas mãos, com os braços entrecruzados.

No dia seguinte, Léger foi até a colônia Abranches para comprar a disputada vaca.

— Sumiu! A Vachechênia também sumiu! — Os gêmeos choravam inconsolavelmente.

— Não acredito! Como isso foi acontecer? — indagou Léger.

— Não sabemos. Quando acordamos para ordenhá-la, não estava mais na estrebaria.

— Será que roubaram? Mas não vejo nenhuma cerca cortada... que estranho — replicou Léger.

— Nós temos um cão pastor. Ele teria latido e atacado o ladrão... mas ele ficou na casinha, uivando sem parar.

A esposa de um dos gêmeos apareceu na janela e, gaguejando, disse:

— Semana passada, eu saí de madrugada para ver o cacho-cho-cho-chorro... ju-ju-juro que eu nunca ti-ti-ti-tinha visto uma coisa de-de-de-dessas em toda a mi-mi-minha vida...

— O que foi, *madame*? — perguntou Léger.

— Quando eu saí, ele ta-ta-ta-tava na casinha, tremendo de medo, com o rabo enfi-fi-fiado entre as pernas. Então, fui até a est-t-t-trebaria, para ver se tava tu-tu-tudo bem com a Vache-che-che-chechenia. Che-chegando lá, a me-me-mesma coisa: tava mu-mu-mugindo sem parar, com os olhos arr-r-r-rregalados, como se estivesse num t-t-t-transe. Fiquei apa-pa-pa-pavorada, e voltei correndo pra ca-ca-ca-casa. Nosso filhinho tava cho-cho-chorando sem pa-pa-pa-parar. Peguei ele do be-be-berço e pus no meu co-co-co-colo. Ache-chei que ele tivesse desma-ma-maiado, porque não mexi-xi-xia os olhos. Então, so-soprei bem forte no ro-ro-rosto dele, e parou de cho-chorar na hora.

— Nossa, tudo isso numa noite só? — Léger perguntou, incrédulo.

— Sim, não sei o que-que-que que provocou isso, mas as minhas vi-vi-vizinhas vi-vi-viram que os animais delas também fi-fi-ficaram com medo e com os olhos arr-rr-rregalados.

Léger achou tudo aquilo muito estranho, e também não acreditava em superstições.

— *Bon, madame, désolé* pela perda das suas vacas! *Au revoir!*

Léger, ao chegar em casa, contou a história para a esposa, que também a achou muito esquisita.

— Mas e agora, de quem compraremos outra vaca?

— Quem sabe Deus nos mande dos céus — brincou ele.

— Nossa família nessa penúria e você fazendo piadas! — esbravejou.

— *Désolé, mon amour!* Amanhã mesmo vou visitar outros colonos da cidade...

— Cadê nossa vaquinha, *papa*? — choramingou Marie.

— O *papa* vai te trazer, não se preocupe.

No dia seguinte, Léger perguntou aos seus clientes da Casa do Burro Brabo se tinham visto alguma vaca perdida no pasto deles. Ninguém tinha visto, mas comentaram que, numa noite dessas, perceberam que os animais ficaram alvoroçados, como se estivessem com medo.

— Um casal de quero-quero se esganiçava sem parar!

— Vi uma coruja ululando com os olhos estatelados!

— Mas o que será que causou tamanho alvoroço nos bichos? — questionou Léger

— Será o fim do mundo? — especulou Chatagnier.

Meses se passaram e nada de as vacas voltarem. Os gêmeos já estavam economizando para comprar outra vaca. Catarina rezava todas as noites para que o marido encontrasse alguém vendendo o mamífero. Era inverno e fazia muito frio. Todos acendiam lareiras para se esquentar e tomavam vinho bem quente, que o chamavam de quentão. Misturavam-no com bastante gengibre e casca de laranja. Curava qualquer gripe. Eles também assavam pinhão na brasa e comiam a semente, pois nessa época do ano caíam aos montes das araucárias.

Numa noite, Vladimir foi até a estrebaria pegar a enxada para cortar lenha, quando uma luz muito forte surgiu no céu, como um relâmpago, mas não tinha trovão nem nuvem de chuva. Parecia uma estrela cadente cruzando a atmosfera. Vladimir ficou atônito quando ouviu, ao longe, um familiar mugido.

— Vachechênia, você voltou! — Agarrou-se ao pescoço do animal, que lhe deu uma lambida no rosto.

Na noite seguinte, na Casa do Burro Brabo, os irmãos comemoravam a volta da vaca, pagando várias rodadas de cerveja, e brindavam com vodca:

— Um brinde à Vachechênia! — E todos levantavam seus copos.

Não demorou muito tempo para que voltassem a brigar, disputando a propriedade do ruminante.

— Ela sempre foi minha vaca!

— Nunca foi, a sua morreu! Ela é minha!

Para evitar que chegassem às vias de fato, Léger interveio novamente:

— Mas será que nem com o retorno da vaca vocês param de brigar? Chega! Vendam a vaca ou vou pedir para o dono do bar expulsá-los daqui para nunca mais voltarem!

— Jamais! — responderam em uníssono.

— Então vocês têm que escolher: ou a vodca ou a vaca! — O senhor Chatagnier deu o ultimato.

— A vodca! — responderam, novamente em uníssono.

— Então amanhã mesmo irei ao seu sítio e comprarei sua vaca pelo valor de duas, para vocês dividirem o dinheiro e comprarem quantas vodcas quiserem!

— Negócio fechado!

Léger segurou as mãos dos gêmeos, com os braços entrecruzados.

Nem amanhecera o dia, cobrindo de neve as terras da colônia Abranches, e, como prometido, lá estava o colono francês, com uma bolsa cheia de dinheiro e moedas das gorjetas, as maiores somas dadas pelos britânicos Inglez e Edward. Pegou o mamífero pela corda e levou-o até a colônia Argelina, não muito longe dali. Ao chegar em casa, feliz da vida, Léger fez uma surpresa para Catarina, que ainda dormia, batendo na janela do quarto.

— MUUUUUUUU — O animal deu uma lambida no rosto dela.

— *Grâce à Dieu! Grâce à Dieu!* — Ela olhou para o céu, de onde caíam flocos de uma neve fina.

Os filhos acordaram e começaram a gritar:

— *On a la vache! On a la vache!*

— Como vamos chamá-la? — perguntou Léger.

— *Chérie!* — sem hesitar, respondeu Marie.

— Que lindo nome, *ma petite!*

— *Chérie! Chérie! Chérie!* — todos disseram.

— Como conseguiu, querido? — perguntou Catarina.

Quando Léger contou que tinha comprado pelo dobro do valor, Catarina ficou furiosa:

— *Comment?! Tu es un fou!*

— *Tranquille, mon amour!* — Ele tentava acalmá-la em vão. — Nós venderemos bastante leite e queijo...

— E você sabe por acaso fazer queijo?! — Ela foi ficando ainda mais vermelha de tanta raiva.

— Vou aprender com os italianos da colônia Santa Felicidade. Não se preocupe.

— Você sabe que faz anos que nossos filhos não comem direito... vivem de farinha de pinhão... só sobraram umas galinhas, que botam poucos ovos por não termos milho suficiente para alimentá-las. Temos até que matar filhote de capivara para eles comerem! — Ela chorava, ainda com raiva.

— Então pode matar as galinhas para comer, pois nossa Chérie vai dar muito dinheiro pra nossa família! — Ele lhe deu um beijo na testa.

— *Dieu* te ouça! Não aguentamos mais essa penúria! E também não gosto daquela espelunca onde você trabalha... — Ela enxugou o rosto no avental branco.

***

FOOOOOOOOOOM!

O apito do trem acordava as crianças de manhãzinha.

"Café-com-pão-bolacha-não, café-com-pão-bolacha-não!", respondiam com alegria.

— Café com leite! — Léger mostrou dois baldes cheios de leite ordenhado minutos antes.

— Estou tão emocionada que não vamos precisar mais comprar fiado nosso leite de cada dia... — disse Catarina.

— Café com leite! *Café au lait!* — comemoravam.

— *Hum*, que delícia! — disse Júlio, um dos filhos de Léger, mostrando um bigode bem branco de leite.

— *HA-HA-HA-HA-HA* — Marie zombava do irmão, enquanto ela também mostrava seu bigode de leite, ainda maior.

André, Anna e Emma já eram adolescentes e ajudavam nas tarefas de casa, pois Catarina estava com a saúde muito debilitada pelo reumatismo. Jean e Henri casaram-se e passaram a adotar nomes brasileiros, João e Henrique. As esposas vieram da Suíça, de famílias com melhores condições financeiras. Com o emprego na concessionária da ferrovia, ambos conseguiram construir suas próprias casas, nos dois lotes de terra registrados por Léger em 1893. Henrique já tinha um filho, Júlio, e João, três: João Júnior, José Augusto e Júlio André. A família crescia, bem como as necessidades.

Em 7 de setembro de 1893, no dia da independência do Brasil, a nova igreja Matriz Nossa Senhora da Luz dos Pinhais foi inaugurada, após a antiga ter sido demolida. A construção, pelas mãos de escravizados e imigrantes, demorara vinte e seis anos. Foi elevada a catedral no ano seguinte.

***

FOOOOOOOOOOM!
Café-com-pão-bolacha-não, café-com-pão-bolacha-não!
— *Café au lait!* — André trazia baldes cada vez mais cheios de leite a cada dia que passava.

— Ela está comendo cada vez mais pasto, inclusive dos terrenos do João e Henrique... Precisamos comprar mais sementes de capim — disse Léger.

— Ela já está produzindo mais de três baldes cheios por dia! — respondeu André.

— Então já podemos começar a produzir queijo! — empolgou-se Léger. — Vou chamar um cliente do Burro Brabo, italiano da colônia de Santa Felicidade, para nos ensinar.

Um dia, ao ordenhar Chérie, André percebeu que havia mais mamilos no úbere do que o normal e contou ao pai. *Vai ver ela está prenha*, pensou. Progressivamente, a quantidade de leite aumentava, e Léger passou a vender seus engradados para a Casa do Burro Brabo, onde havia um armazém.

— Trocou de bebida, *monsieur*? — brincando, perguntou a Léger o senhor Chatagnier.

— *Oui, monsieur!* Agora não precisarei mais trabalhar de garçom para viver de gorjetas.

— *Ah bon? Ça va!* Deixe-me provar então esse leite — pediu um copo, desconfiado. — *C'est délicieux! Superbe!* Nem na Suíça bebi um leite tão bom... vou comprar todos os engradados!

— *Merci beaucoup, monsieur Chatagnier!*

— *À bientôt!*

— *À bientôt!*

Mês a mês, dia após dia, mais engradados, e já era necessária uma carroça para vender de casa em casa e nos armazéns da cidade. Léger ficava tão intrigado, pois ela nunca estava prenha para produzir tanto leite assim. Um dia chamou os gêmeos Vladimir e Volodimir para visitarem seu rancho e reverem a vaca.

— Meu Deus! Nunca tínhamos visto uma teta tão grande assim, quase encosta no chão. A Vachechênia não era assim... — Os irmãos estavam surpresos.

— Será que ela tem alguma doença? — indagou Léger.

— Nós conhecemos um criador de gado da nossa colônia, o senhor Minczuk. Ele pode lhe dizer.

— *Merci, messieurs. Au revoir!*

No dia seguinte, o senhor Minczuk foi à colônia Argelina examinar o mamífero. Colocou um cone metálico sobre o abdômen do animal.

— Jesus Cristo!

— O que foi? — perguntou Léger, assustado.

— Escuto dois batimentos pulsando! Mas ela não está prenha, e aqui nos chifres tem duas protuberâncias. Pode ser um tumor!

— *C'est grave?* — questionou, assustado.
— Não sei, mas preciso que você observe se eles crescem.
— *Bien sûr, monsieur!*
— Até logo!

Léger ficou tão apavorado que nem para a esposa contou. Semanas depois, Marie foi brincar com Chérie na estrebaria e passou a mão na cabeça do animal. Ela se assustou porque espetou sua mão. Deu um berro, e voltou correndo, chorando, com a mão toda ensanguentada.

— Ela me machucou! Ela me chifrou! — reclamou, aos berros.

— Vamos lavar essa mão agora! — Catarina pegou a filha pelo braço e a levou até o tanque de água.

— *Jésus!* — gritou Catarina. — Tem quatro furos aqui!

— *BUUUUUÁÁÁÁÁÁ!* — Marie berrava ainda mais alto.

Então Catarina voltou com a menina, ainda com sangue escorrendo pela mão, e entrou na estrebaria, esbravejando:

— Olhe aqui, sua vaca maldita, o que você... — Ela nem tinha terminado de falar e teve um colapso ao ver o tamanho do úbere e os quatro chifres da vaca.

MUUUUUUUUUU.

Chérie saiu da estrebaria correndo, assustada, com Catarina estatelada no chão e com a filha gritando:

— *MA-MAAAAAAA! MA-MAAAAAAA!*

— *Ma chérie! Mon amour! Pourquoi, mon Dieu?!* — gritou Léger, aos berros, caindo sobre o peito da esposa.

Era domingo de Ramos, e a família não possuía um jazigo para enterrar Catarina. Seus filhos foram, então, ao cemitério São Francisco de Paula e compraram um lote bem pequeno.

Depois, foram à igreja Matriz procurar por um padre que fizesse as exéquias. O vigário era o padre Alberto José Gonçalves, que foi às pressas rezar o réquiem de Catarina Kraus, alemã de nascença (com o nome de Khatarina), argelina no casamento e brasileira na morte. Aos prantos, cada um dos filhos jogou um ramo de flor na sepultura, e Léger jogou seu terno de casamento, pois ela estava vestida como no matrimônio. Lembrou-se do dia em que os dois se conheceram, na Alsácia, e quando se casaram, em Orã, ambos aos vinte e quatro anos. Léger dera à esposa um anel de rubi, que não podia ser removido, por causa do reumatismo avançado. Ele, então, tirou o próprio anel e o colocou no dedo da sua amada, junto ao anel de rubi. Beijou a sua mão gélida e rígida, dizendo:

— *Je t'aime toujours, mon amour!*

Muitas famílias das colônias vizinhas, além da Argelina, foram ao cortejo fúnebre, cantando canções folclóricas e os hinos da Alemanha, França e Brasil. Ao saírem do cemitério, Léger deparou com um túmulo em cuja lápide, bem simples, estava escrito "João Francisco Inglez, o 'Zulmiro', R.I.P.".

— *Mon Dieu, c'est le vieux anglais! Il est mort!*

Fazia anos que o homem não mais frequentava a Casa do Burro Brabo, mas ninguém ficara sabendo da sua morte. Achavam que estivesse "escondido" em algum outro local da cidade, ou que tivesse se mudado para outra região. *Será que ele deixou herdeiros? Qu'est-ce que c'est Zulmirrô?*, pensou Léger.

Seu compatriota Edward Young estava morando no Rio de Janeiro. O último dia em que os dois se encontraram foi em 14 de maio de 1880, quando Inglez tinha oitenta e um anos. Nesse dia, o velho ex-capitão britânico deu ao jovem um livro intitulado *The Tatler*. Ao final de cada capítulo do livro, havia frases escritas por Inglez, que mais pareciam códigos, e várias direções marítimas, sem uma conexão lógica. Em um dos capítulos, lia-se: "The Burra"; em outro, "Sugar Loaf". No final do livro, as iniciais J. F.

Passaram-se quase dezesseis anos, quando uma matéria no jornal carioca *Gazeta de Notícias* chamou a atenção de Edward. O título era "O Thesouro da Ilha da Trindade", e fora escrita por Jaime Batalha Reis, diplomata e escritor português. A matéria contava a história de um pirata russo que teria escondido um tesouro numa ilha a setecentas milhas da costa brasileira. O tesouro teria sido saqueado de um navio que partira de Lima, no Peru, em direção à Espanha, durante a revolução peruana, em 1821. Eram objetos valiosos, que pertenciam à catedral de Lima.

O bando de piratas fora capturado e condenado à morte na forca, exceto um deles, que conseguira escapar, e fora se esconder na Índia, em Mumbai. Ele era russo, e tinha uma grande cicatriz no rosto. Trinta anos depois, no seu leito de morte, ele teria entregado um mapa com a localização e tal tesouro para um capitão da marinha mercante britânica. A matéria também mencionava as inúmeras expedições marítimas à ilha em busca da enorme riqueza, todas fracassadas.

Ao terminar de ler o jornal, Edward recordou-se dos livros que havia recebido de seu compatriota, cujo apelido era Zulmiro. Ao abrir o livro *The Tatler*, Edward conseguiu conectar todas as frases no final de cada capítulo, as quais davam as direções exatas do paradeiro do tesouro. O maior montante encontrava--se num local da ilha denominado burra, ao lado de um morro apelidado de pão-de-açúcar, que não havia sido mencionado pelo jornal carioca. Tão logo o jovem britânico ficou sabendo da matéria, lembrou-se de tudo o que o compatriota lhe havia dito, e que somente poderia revelar após a sua morte.

Edward, então, enviou um telegrama para Curitiba, com o intuito de saber notícias de João Inglez, o Zulmiro. O endereço era da Casa do Burro Brabo, pois era o local mais frequentado pelo britânico. O senhor Chatagnier o recebeu e leu, mas não tinha conhecimento da morte de Inglez. O único que ficara sabendo, por pura coincidência, era Léger, durante o enterro de sua querida esposa. O dono do estabelecimento perguntou a Léger:

— Recebi este telegrama do *jeune anglais*, Edward Young, sobre o paradeiro do *vieux anglais*, Inglez.

— *Le vieux anglais est mort!*

— *Comment? Quand est-il mort?* — indagou o homem, incrédulo.

— *Six ou sept ans, dejà.*

— *Mon Dieu*, achei que tivesse voltado para a Europa.

— Ele morreu aqui aos noventa anos, e só fiquei sabendo no enterro da minha amada Catarina... — Léger enxugou as lágrimas no paletó.

— *Désolé, mon cher ami.* — O patrão ofereceu-lhe um lenço.

O senhor Chatagnier respondeu o telegrama, pois o ex--garçom não sabia escrever em português nem em inglês. Edward recebeu a notícia da morte de seu compatriota, seis ou sete anos antes. Ficou reflexivo. Lembrou-se do juramento que fizera no último encontro entre os dois: ele só revelaria a história de Zulmiro como pirata após a sua morte.

Era 14 de julho de 1895. Todas as repartições federais e estaduais estavam enfeitadas com a bandeira tricolor francesa, assim como muitos setores elitizados da sociedade curitibana, como a *Société Littéraire Gauloise*. Ouviam-se salvas de tiros na frente do quartel do 3º regimento. A festa da república francesa foi celebrada com muito luxo e jantar de gala, regado, certamente, com muito champanhe. O brinde de honra foi feito pelo senador paranaense Vicente Machado.

— *Vive la République! Vive la France!* — E tocavam a Marselhesa e o Hino Nacional brasileiro.

Naquele dia, apesar do mau tempo, mais de duas mil pessoas foram convidadas para a festa, que contou até com show pirotécnico na praça Eufrásio Correia. No salão Hauer, apresentações musicais do conservatório de belas artes e da Orquestra Carlos Gomes. O baile seguiu madrugada adentro, com a execução de canções brasileiras e francesas, como "Estrella Brazileira" e "Loin de Paris". O público aplaudiu calorosamente o "Rouget de l'Isle".

> *Os camarotes enfeitados de tufos caprichosamente feitos; por entre palmeiras, curveteavam bambinellas das trez côres do pavilhão francez, semeadas de variados galhardetes. No centro do salão, estava postada uma extensa meza em T, systema de martello, contendo delicados doces e finíssimos vinhos...* —Descreveu o jornal *A República*.

Um ano depois, no dia 31 de julho, foi noticiado pela imprensa carioca o trágico assassinato de Edward Young em sua residência, no Rio de Janeiro. Ladrões arrombaram-na, na tentativa de roubar o roteiro do tesouro escrito pelo pirata Zulmiro. Fracassaram e atiraram no peito do jovem inglês. Cinco dias depois, na mesma *Gazeta de Notícias*, foi publicada a matéria dando conta de que a ilha da Trindade pertencia ao Brasil, e não à Inglaterra, que a ocupava.

A decisão foi tomada por interpelação de Portugal, fazendo que o Reino Unido devolvesse de forma pacífica a ilha ao Brasil. O presidente da república brasileira, Prudente de Morais, agradeceu a Portugal por meio de um telegrama enviado no dia 6 de agosto de 1896.

O assassinato de Edward Young nunca foi solucionado. Ele desejava organizar uma expedição à ilha, e havia enviado cartas sobre seus planos, que foram publicadas no *Jornal do Brasil*. Ele revelou o segredo por anos guardado sob juramento feito na residência de João Inglez, o Zulmiro, que falecera havia cerca de sete anos. Edward usava como pseudônimo nas cartas as iniciais J. F. Bastos, para que não se levantasse suspeita de sua identidade. Sua última carta foi publicada em 21 de julho do mesmo ano, com o título: "A nova Ilha de Monte Christo: a Ilha da Trindade".

Léger nunca ficou sabendo da morte de Young, nem nunca soube do segredo que Inglez guardara por tantos anos. Da mesma forma, ele jamais imaginaria que seu maior tesouro seria uma vaca leiteira. Certo dia, Léger, ao ordenhar o úbere de Chérie, repleto de leite, percebeu que os dois pares de chifres haviam crescido, e se lembrou, então, do que o senhor Minczuk havia suspeitado: "Pode ser um tumor".

Ele começou a tentar conectar o fato com a história contada pela esposa de Volodimir e com o reaparecimento de uma das vacas gêmeas. Por mais absurda que pudesse parecer, e sabendo que nunca solucionaria tal mistério, preferiu esquecer essa história. Preocupava-o mais como conseguiria estocar tanto leite, já que na época não existia refrigeração, nem se aplicava a técnica de pasteurização de laticínios. Entretanto, a sua experiência na fermentação de cerveja o ajudaria a produzir queijos com o bolor de levedura, e ele poderia defumá-los e estocá-los sem que estragassem.

Ele aprendera a fazer queijos com os italianos da colônia Santa Felicidade, principalmente o tipo provolone. Pouco a pouco, foi aperfeiçoando a curagem e passou a produzir diversos tipos, como o suíço, o preferido da elite curitibana. Léger foi se tornando um dos principais fornecedores de queijos da cidade, graças à qualidade do leite produzido por sua Chérie. Certos eventos sociais encomendavam seus queijos, e sua fama espalhava-se rapidamente, conquistando o paladar exigente das famílias mais abastadas de Curitiba. Uma dessas era a família Leão, grande exportadora da erva-mate, cujo palacete encontrava-se no bairro Alto da Glória. No mesmo bairro, a mansão das rosas pertencia à família Fontana. Já no bairro Batel, o palacete era da família Miró, também proprietária de engenhos de mate.

A principal mola propulsora da economia da província do Paraná era a extração de madeira e da erva-mate, cujas terras eram de propriedade de ricos fazendeiros, que as arrendavam do governo da província.

Contudo, o maior empresário ervateiro e primeiro banqueiro da capital chamava-se Ildefonso Pereira Correia. Figura de grande influência econômica e política desde a época do império, em 1884, recebeu o título de barão do Serro Azul, pela princesa Isabel.

Dez anos mais tarde, em 1894, houve uma revolução contra o governo militar nos estados do Sul, provocando saques e muita violência por onde os federalistas passavam. O destino era a capital da República, o Rio de Janeiro. O então governador do Paraná, Vicente Machado da Silva Lima, junto com o comandante do distrito, o general Pego Júnior, abandonou Curitiba, transferindo o governo para a cidade de Castro, que não chegou a ser instalado, pois os dois fugiram para a capital federal.

Para que os rebeldes gaúchos, chamados de maragatos, liderados por Gumercindo Saraiva, não cometessem atrocidades em Curitiba, e para preservar a ordem e a segurança da população, Ildefonso comandou uma junta governativa e convocou uma comissão de nobres comerciantes da cidade. Com o pagamento do "empréstimo de guerra" feito a Gumercindo, os maragatos pouparam a capital paranaense e não prosseguiram ao Rio de Janeiro, graças à bravura de um pequeno grupo de soldados, apelidados de pica-paus (pelo chapéu vermelho), liderados pelo general Gomes Carneiro, na cidade da Lapa.

Apesar disso, o barão e mais cinco comerciantes foram presos e mantidos em um quartel, próximo à igreja do Rosário. Eles deveriam ser julgados pelos militares no Rio de Janeiro. Pouco antes das onze horas da noite de 20 de maio de 1894, doze soldados escoltavam os seis presos de trem até Paranaguá. No quilômetro 65, perto do Pico do Diabo, o trem parou, e os soldados arrancaram à força os presos dos vagões. Estava escuro, chovia e fazia frio. Ao descerem foram fuzilados, e seus corpos foram jogados na mata, ribanceira abaixo.

Segundo a revista carioca *Dom Quixote*, publicada em 1895,

o Barão do Serro Azul e as mais victimas que morreram cruelmente assassinadas nunca tomaram parte na revolução. Todos eram cidadãos muito conceituados no estado do Paraná.

Além de desenvolver a industrialização das principais matérias-primas do estado, a erva mate e a madeira, e promover a estrutura urbana da cidade, Ildefonso possuía um grande espírito humanitário. Conta-se que ele e outros maçons raptavam escravizados de seus donos e os transportavam dentro de barricas de mate para o porto de Antonina, e, de lá, eram levados para Buenos Aires e Montevidéu, onde recebiam dinheiro para sobreviver.

Léger passou a vender sua farta produção de leite e queijo no comércio central da cidade. Transportava-a de carroça pela estrada da Graciosa desde a colônia Argelina até o mercado municipal. Lá, vários sotaques de colonos de todas as partes misturavam-se para vender suas mercadorias. Para agradar aos fregueses, Léger costumava oferecer um pedacinho de queijo como degustação. Era venda certa.

Numa manhã de domingo, uma cliente especial aproximou-se da carroça de Léger, parada em frente à igreja da Ordem para as mulas beberem água no cocho. Era a senhora Maria José Correia, a baronesa do Serro Azul, viúva de Ildefonso. Após a missa dominical na catedral, ela costumava passear pelas ruas a pé até o mercado municipal. No caminho, viu uma multidão parada ao redor da carroça de Léger. Ao se aproximar, todos se afastaram estupefatos, abrindo-lhe caminho. Léger não a conhecia.

— A *madame* gostaria de provar um pedacinho do meu queijo? — perguntou, polidamente.

— Claro que sim! — Pegou-o da mão do colono. — Esse queijo é dos céus!

— *Merci beaucoup, madame!* Esse é do tipo *camembert*.

— Quero comprar toda a sua mercadoria, pois vou fazer uma festa de *réveillon* na minha mansão. Afinal de contas, precisamos comemorar a virada do século com tudo o que há de melhor dessa cidade!

— Que honra, *madame*! — respondeu, humildemente.

— Qual é a marca do seu queijo, meu senhor? — perguntou a baronesa.

— É produção caseira, *madame*.

— Se você colocar uma marca, um rótulo, certamente venderá muito mais. Meu finado marido deixou-me uma impressora de rótulos de erva-mate.

De fato, o barão do Serro Azul associou-se a Jesuíno Lopes, filho do primeiro prefeito de Curitiba, que havia fundado uma tipografia em 1854, a Typographia Paranaense. A impressora também imprimia o *Dezenove de Dezembro*, o primeiro jornal do estado. O barão mandava imprimir rótulos coloridos para as suas barricas de erva-mate para exportação. Mesmo após sua morte, a empresa continuou a funcionar sob o comando de sua viúva com o nome Impressora Paranaense, e se tornou a melhor indústria gráfica do país, pela sua qualidade litográfica.

— Seria um sonho ter uma marca dos meus queijos, *madame*.

— Qual nome você colocaria? — indagou a viúva.

— Com certeza Chérie, o nome da minha vaca.

— Que belo nome, meu senhor! — Ela sorriu gentilmente.

— Sim, ela que produz todo o leite, e…

— Como?? — interrompeu a baronesa. — O senhor está me dizendo que todos esses queijos são de uma única vaca leiteira?

— *Oui, madame*, ela produz dezenas de litros por dia!

— Mas o senhor possui uma mina de ouro! — Brilharam seus olhos por trás do véu preto.

— Sem dúvida, *madame*, não vendo ela por nada neste mundo!

— Bom, agora preciso ir! Como adorei o queijo, vou lhe ajudar a criar um rótulo, mas antes gostaria muito de conhecer a Chérie!

— Com prazer, *madame*, se não se importar em entrar na nossa humilde propriedade na colônia Argelina.

— De modo algum! Ouvi falar que foi a primeira colônia de imigrantes na cidade. Amanhã mesmo irei visitá-la!

— Será uma honra recebê-la, *madame*! Qual é mesmo a vossa graça? — encabulado, perguntou-lhe o nome.

— Pode me chamar só de baronesa. — Ela lhe estendeu a mão.

— *Enchanté*, "barronesá". Me chamo Léger. — Curvou-se, tirando o chapéu e beijando-lhe a mão, coberta por uma luva de fina renda preta.

No dia seguinte, como prometido, a baronesa foi com sua charrete à colônia Argelina. Ao chegar, Léger já a aguardava, para então guiá-la até a propriedade.

— *Bonjour, madame* "barronesá"!

— Bom dia, *monsieur* Léger!

— Queira me acompanhar. Esta colônia é muito grande, mas restam poucas famílias, a maior parte mudou-se para outras colônias para plantar ou voltou para a Europa.

— Mas que desperdício de terras!

— Sim, agora aqui só cresce pasto para os animais, mas eu tenho a minha vaca leiteira! — ele contou, orgulhoso.

— *MUUUUUUUU!* — ouvia-se ao longe.

— É a Chérie? — perguntou, animada, a baronesa.

— Ela mesma! Venha, vamos à estrebaria — Ele ajudou a baronesa a descer da carruagem.

— Meu Deus, que enorme! E ela tem uma guirlanda na cabeça!

Emma tinha posto o adorno na vaca com o intuito de esconder seus chifres. Ela respondeu:

— Sim, nessa época de advento do Natal é costume na Europa enfeitar os animais, pois eles estavam presentes no nascimento de Cristo.

— Ficou uma beleza! — elogiou a baronesa.

— *Merci, madame!*

— E olha só esse úbere gigante! Onde está o bezerro, ou melhor, os bezerros, porque com esse tamanho deve ter tido gêmeos! — Ela soltou uma gargalhada.

— Já desmamou — Marie respondeu, disfarçando o rubor da face.

— Adoraria ver a sua produção e conferir os seus queijos, senhor Léger.

— *S'il vous plaît, madame!*

Ao chegarem no local, a baronesa ficou estupefata com a quantidade e a variedade de queijos. Incrédula, perguntou:

— Tudo isso de uma vaca só?! Isso só pode ser um milagre!

— Chérie é um presente de Deus na nossa vida, *madame!* Graças a ela não morremos de fome! — Ele enxugou as lágrimas no seu paletó surrado.

— Não chore, senhor Léger! Como lhe disse no mercado ontem, vou comprar seus queijos para a minha festa de *réveillon*. E a sua família é minha convidada! Será a melhor festa de Ano-Novo que Curitiba já viu!

— Imagine, "barronesá", somos muito simples, nem roupa temos para essa ocasião...

— Eu faço questão de comprar o vestuário para todos os seus filhos e netos! Vou aproveitar e tirar todas as medidas para as roupas e sapatos...

— *Mon Dieu*, não tenho palavras para agradecer! A senhora é *très généreuse!*

— Sua família merece. Além do mais, vou mandar a gráfica produzir os rótulos para os queijos. Quero que o senhor venda até no exterior!

— *Dieu* lhe abençoe, *madame! Joyeux Noël!*

— Meu cocheiro virá buscá-los daqui a uma semana. Feliz Natal!

Foi o Natal mais feliz da família de Léger. Apesar da ausência de Catarina, todos os filhos e netos se reuniram para rezar ao redor do pinheirinho e agradecer pela fartura da ceia com leitão assado, vinho, cidra e cerveja. Todos brindaram:

— *Joyeux Noël!*

Na estrebaria, enfeitaram um presépio com pinhas e uma vaquinha feita de madeira, semelhante a *Chérie*.

— MUUUUUUUU! — Ela balançou seu sino com uma bela guirlanda de flores na cabeça, como se costumava enfeitar as vacas leiteiras na Suíça para que produzissem bastante leite no inverno rigoroso dos Alpes e trouxessem sorte para o novo ano.

Era 31 de dezembro de 1899. A virada do século seria oficialmente no ano seguinte, contudo, no imaginário popular, era a marca do novo centenário, sempre repleta de superstições.

Particularmente, essa virada carregava um fator a mais: era lua cheia, e haveria um eclipse total — a sombra do planeta cobriria seu satélite por completo exatamente à meia-noite. A raridade de o fenômeno acontecer bem na virada de uma nova centena de anos provocava a crendice popular sobre coisas como o fim do mundo.

O barão do Serro Azul fazia questão de todos os anos celebrar o *réveillon* em seu palacete, convidando, além da elite social, gente humilde do campo que trabalhava em seu engenho de mate. Depois de sua morte, a viúva, carinhosamente apelidada de Nhá Coca, manteve o costume, e convidava, além dos seus empregados, colonos imigrantes, para agradecer pela alimentação do povo curitibano.

Naquele *réveillon*, em especial, ela tinha convidado uma pitoresca família franco-argelina, por ter se encantado pela respeitosa produção lactífera de um avantajado úbere de um peculiar quadrúpede ruminante. Assim, então, ela mandou sua charrete buscar a família e inclusive mandou confeccionar o vestuário para a ocasião. Todas as medidas e moldes haviam sido tirados e entregues à melhor alfaiataria e sapataria da cidade. Até os chapéus a baronesa encomendou.

O cocheiro saiu da mansão próximo do meio-dia e levou quase duas horas para chegar à colônia Argelina pela estrada da Graciosa. Antes, fez uma parada na Casa do Burro Brabo para comprar mantimentos no armazém e para os cavalos descansarem.

— A que devo a honra de a charrete da "barronesá" parar no meu estabelecimento? — perguntou o senhor Chatagnier.

— A baronesa mandou-me comprar temperos para seu banquete de *réveillon* — respondeu-lhe o encarregado.

— Mas aqui tão longe? Está em falta no mercado municipal?

— Porque ela mandou buscar a família do senhor Léger para a festa.

— O meu garçom?! Eles não devem nem ter roupa para isso! — espantou-se o dono, com certo ar de desdém.

— Ela mandou confeccionar todo o vestuário.

— *C'est incroyable!* — O homem ficou estupefato.

O encarregado não entendeu nada e seguiu adiante até a colônia. Chegando lá, não encontrou Léger em sua casa, mas ouviu um mugido bem forte. Era Chérie, que estava atolada no brejo. O cocheiro se aproximou e viu um punhado de gente tentando puxar o animal.

— Ajude-nos, por favor!

O cocheiro se espantou com o tamanho do úbere, e deu um berro tão alto que assustou a vaca, derrubando os homens no lamaçal.

— Que coisa bizarra é essa?

— Ela não é uma coisa! E nem bizarra! — retrucou a neta Luiza, de seis anos.

Ao tentar puxá-la pelo rabo, o cocheiro levou um coice no rosto e ficou tão tonto que via tudo duplo.

— Meu Deus, estou vendo oito chifres e dois rabos!

Foi uma gargalhada geral.

A cidade estava toda enfeitada. Na frente das casas, pinheirinhos naturais com fitas coloridas. No portal de entrada do palacete da baronesa, uma faixa: "Bem-vindos ao século XX".

— Nossa, vovô, que casa enorme! — exclamou o neto Júlio.

— É a casa da viúva "barronesá", *mon petit*.

A baronesa já os aguardava, acenando com um lenço:

— Bem-vindos! Que alegria recebê-los! Mas primeiro quero lhes mostrar a gráfica do meu marido. Acompanhem-me, por favor, fica bem perto daqui.

As crianças ficaram maravilhadas com os rótulos coloridos de erva-mate.

— Gostaram, crianças? Deixe-me mostrar um em especial. — Ela mandou o empregado trazê-lo. — *Voilà!* — Tirou da caixa de papelão a embalagem.

— É a nossa Chérie! — a criançada gritou em uníssono, boquiaberta.

A litografia era de uma vaca com um enorme úbere e uma guirlanda de flores. Em um círculo em volta dela, em letras garrafais, "Queijos deliciosos Chérie". Léger ficou tão emocionado que caiu de joelhos:

— Parece que estou sonhando! *Merci, madame!*
— Sonhe alto, senhor Léger, com uma queijaria!
— Mas, senhora, não tenho como comprar uma venda...
— Terão em breve, meu senhor! — E mostrou-lhe um terreno nos fundos da residência que pertencia ao finado barão.
— *Pardon*, "barronesá", não temos como comprar. Esse terreno deve ser uma fortuna...
— Quem disse que vou vendê-lo? Vou mandar construir uma queijaria e lhe cobrarei apenas uma taxa mensal sobre as vendas. Sua Chérie vale ouro! — Ela lhe mostrou novamente o rótulo, com os olhos brilhando. Léger caiu em prantos, beijando-lhe os pés.

Os convidados vinham chegando em suas charretes, uma mais luxuosa do que a outra. Cada família mostrava o convite no portal de entrada. As esposas usavam chapéus com plumas brancas, e os esposos vestiam *smokings* com um cravo na lapela. As famílias do campo também vinham chegando em suas carroças, com trajes bem mais simples.

— Sejam bem-vindos, todos! — A baronesa cumprimentava-os um por um.

Havia uma fanfarra, uma orquestra e até artistas de circo para alegrar a festa. Canapés, caviar e uma grande variedade de queijos, inclusive os de Léger, eram servidos como aperitivo. Cidra e champanhe à vontade para os adultos, refresco de gengibirra para as crianças. Era verão e fazia calor. Todos estavam na área externa do casarão, onde havia muitas mesas.

O jantar estava sendo servido, e todos elogiavam a comida, especialmente os queijos, que acompanhavam as carnes de pernil suíno. A sobremesa era figo em calda com queijo *brie*, produção de Léger. Todos, exceto ele, provaram os seus queijos.

Depois do banquete, já perto da meia-noite, todos se dirigiram para o terraço para brindar a virada do século. O céu estava limpo, estrelado, e a lua, completamente cheia. Faltavam trinta minutos para a meia-noite, e o fenômeno astronômico já havia começado, mas ninguém sabia até então, pois o eclipse total da lua era um evento extremamente raro na virada de ano, mais ainda em uma virada de século.

— Vejam a lua! — alguém gritou. — Ela está sumindo!

— É o fim do mundo! Salvem-se! — outro gritou, com a voz nitidamente embriagada.

As mulheres e crianças gritavam muito.

— Acalmem-se, é apenas um eclipse... — a baronesa tentava acalmar a multidão.

Os sinos da catedral estavam prestes a badalar. A sombra da Terra estava quase cobrindo totalmente a lua. Então, um barulho ensurdecedor:

MUUUUUUUUUUUUUUUU!

Toda a cidade se calou, os sinos não tocaram, nenhuma queima de fogos no céu. Até os animais noturnos ficaram imóveis. Era como se o tempo tivesse parado. Todas as taças se quebraram pela vibração daquele estranho ruído. Foi um eclipse não só da lua, mas das almas esperançosas por um século de paz.

Ao amanhecer do primeiro dia do ano, todos voltaram para casa. Com o estômago cheio, mas o coração vazio. Não foi o fim do mundo, ainda. Mas aquele som ensurdecedor parecia premeditar algo sombrio no novo século. Léger e sua família, ao chegarem à colônia, foram correndo ver se Chérie estava viva, pois foram os únicos a reconhecer o mugido na noite anterior. Depararam com ela deitada no estábulo, como que em um transe, ardendo em febre. Não mugia. Algo tinha acontecido na véspera que a teria assustado. Seu úbere estava parecendo uma enorme bexiga vermelha prestes a explodir. Resolveram chamar um veterinário polaco da colônia Orleans.

Horas depois, ao examinar a vaca, os mamilos estavam tão inflamados que foi preciso uma cirurgia para drená-los. Antes, porém, Chérie precisou de uma boa dose de éter para adormecer e não sentir dor. O veterinário polaco estimou a dose pelo peso aproximado do animal. Não podia exagerar, pois poderia ser letal. As crianças começaram a chorar e foram levadas para dentro de casa.

— Não quero que ela morra, vovô!

— Calma, minha *petite fille*, Deus vai cuidar para que ela fique bem...

Léger, na verdade, era o mais desesperado. Se perdesse sua única vaca, seria o fim do seu sonho, e, pior, o retorno à penúria da família. Todos rezavam em francês (pois não sabiam em português), implorando por um milagre. Assim que o veterinário fez um pequeno corte nos mamilos, esguichou um líquido purulento muito malcheiroso, que provocou o vômito de todos os presentes, inclusive do veterinário.

— É um abscesso enorme pelo leite petrificado — argumentou —, vou precisar drenar.

Ele pegou uma seringa em forma de pera de borracha e a conectou em um tubo muito longo para sugar o pus para fora. A vaca mugia de dor, mesmo sob o efeito do éter. Foram litros e litros de líquido fétido, cujo odor se espalhou por toda a colônia. Até os vizinhos vomitaram.

— Esse mugido não me é estranho — comentou o polaco. — Estive ontem no *réveillon* da baronesa do Serro Azul e escutei outro exatamente como o dessa vaca.

— Ah, verdade? Nós também estávamos lá — respondeu Henrique.

— Eu e minha mulher tivemos pesadelos horríveis esta noite. Parecia o fim do mundo! Bem, agora que sua vaca está acordada e tirei toda a infecção, preciso ir. Tenho outro dever a fazer.

— Agradecemos pelo seu trabalho, *docteur*. Eis aqui o pagamento — Léger entregou-lhe um envelope.

— Se precisarem de mim novamente, é só me chamar. — despediu-se o polaco.

— *Merci beaucoup*, o senhor salvou nossa Chérie. Leve esses provolones. — Léger colocou meia dúzia de rodas de queijo no lombo de sua mula, em agradecimento.

— Obrigado, senhor Léger! Passar bem!

Léger poderia agora realizar o sonho de vender sua produção de queijos por meio de um negócio próprio na zona central da cidade.

A capa do jornal *Dezenove de Dezembro* estampava a notícia: "A virada do século foi um pesadelo em Curityba", referindo-se à festa de *réveillon* na mansão do barão do Serro Azul. Os convidados saíram todos sem saber o que tinha causado aquele estrondo. Uns achavam que era um apito de trem; outros, o grito de um elefante. Só a família de Léger tinha reconhecido o som, o mugido de dor da enferma Chérie. O jornal especulava de modo sensacionalista que um mau presságio se anunciava, pelo fato de ter havido um eclipse durante a virada do ano.

Muitas pessoas que lá estavam, ao ler a notícia, comentavam umas com as outras que naquela noite tiveram pesadelos terríveis, assim como referiu o veterinário. A notícia passava de boca em boca, e aqueles que não tinham participado da festa comentavam que também ouviram um barulho muito forte, mas não mencionavam tais pesadelos. Léger ficara sabendo primeiro pelo veterinário polaco e, depois, pela própria baronesa, que mandou chamá-lo para comparecer ao local onde funcionaria sua queijaria.

— O senhor não ficou sabendo pelos convidados? Saiu até no jornal! Eu mesma não consegui dormir sequer uma noite por uma semana inteira!

— Mas que estranho, *madame,* eu não tive esses pesadelos sobre o fim do mundo... Acho que os convidados se impressionaram pelo eclipse e pelo barulho... — ele disfarçou seu nervosismo.

— Pode ser, senhor Léger, mas fiquei sabendo que as pessoas que não estiveram na minha festa não tiveram nada disso...

Léger tentava se lembrar de algo ocorrido durante a festa que pudesse explicar tal fato inóspito. Pensou: *Teria sido algo na bebida ou na comida? Lembro que comi e bebi de tudo, fora os meus queijos, pois não me senti à vontade para consumir meus produtos...* Preferiu não comentar com a baronesa, caso contrário ela poderia suspeitar que os queijos estivessem estragados. *Será que foi o leite infecto? Mas as pessoas estavam se deliciando, especialmente o brie com figos...*

Maria José Correia, a Nhá Coca, nascera em Paranaguá, onde se casara com seu primo, Ildefonso Correia. Mudaram-se para Curitiba em 1878. Vinda de família abastada, tinha grande influência na sociedade, principalmente por sua filantropia. Era muito generosa com as obras de caridade, como as da Santa Casa de Misericórdia. Sua saúde ficou muito abalada devido à morte trágica do marido e, um ano depois, escreveu uma carta para o barão de Ladário, que foi lida perante o senado federal:

> Cumprimentando a V. Exa., espero que me será perdoada esta liberdade com que vou prestar a V. Exa. informações sobre o monstruoso atentado que trouxe em luto eterno o meu lar, para sempre deserto das alegrias que eram para o meu coração de esposa e para a inocência dos meus filhos, hoje órfãos de pai, o único e grato conforto na vida. Aqui, desta sombra de claustro em que sinto minha alma sepultada, e onde a coragem que me resta nasce da própria imensidade do meu sofrimento, eu começo certa, senhor, que a justiça indefectível de Deus está escolhendo entre os puros e os bons deste mundo os instrumentos poderosos de que há de em breve valer-se para a solene separação que se lhe deve na terra. E V. Exa. foi dos primeiros entre esses que em todos os tempos e no meio de todas as nações como que a Providência designa para serem o seu verbo de fogo a falar às almas, a pungir os corações, emocionando os povos, apontando-lhes no céu a cor azul e imaculada da Lei, para que as magistraturas abalem-se e as consciências volvam a ouvir a voz clamorosa dos túmulos, onde o martírio não dormirá eternamente, porque eterna na terra só há de ser a divina soberania do Direito e da Verdade. E desde que V. Exa., justamente assombrado ante o que se passa neste País, está sendo um dos poucos (mas

poucos que têm a força das legiões) que se empenham pela desafronta desta geração perante a História, julgo que é do meu dever, e dever piedoso e sano que me é imposto pela memória saudosíssima de meu infeliz esposo, contribuir para que V. Exa. exerça neste momento a heroica e sagrada missão de clamar por desagravo completo à honra e à inocência das vítimas que aqui foram sacrificadas ao furor incontinente e aos desvarios dos homens que já têm a consciência galvanizada pelo mal. [...] V. Exa. de certo já tem notícia das condições em que o então governador deste infeliz Paraná, doutor Vicente Machado da Silva Lima, abandonara esta capital em janeiro de 1894, deixando forças do governo lutando em diversos pontos e sem comunicar essa inesperada resolução sequer aos mais íntimos amigos seus que se achavam na cidade.

Curitiba (a mísera Curitiba! — como justificadamente disseram as folhas de S. Paulo) ficou inteiramente entregue aos azares do desconhecido; pois o governador, ao retirar-se, nem ao menos incumbira a Municipalidade da polícia urbana! Tribunais, repartições públicas, comércio, oficinas e as famílias — absolutamente à mercê do primeiro salteio, enquanto a autoridade legal contradizia os seus protestos de véspera fugindo em desespero para o Estado vizinho. É fácil fazer uma ideia da situação em que se viram estas populações, sufocadas de pavor ante os estranhos sucessos que se passavam, e ainda sob as impressões e suspeitas, que lhes haviam posto no coração transtornado, de que andávamos em vésperas do saque, do extermínio, do arrasamento que passariam por sobre esta terra com as hostes da revolução. [...] Foi assim que meu marido, com outros membros do comércio e das diversas classes, tomou a si o grande e penoso encargo de colocar-se entre os revolucionários triunfantes e a família paranaense, cuja paz e cujos direitos o governo legal estava impossibilitado de assegurar no momento. A população inteira de Curitiba, os próprios adversários ou desafetos do Barão do Serro Azul ainda podem dizer hoje como e com que sacrifício de sua saúde e de seus interesses ele tornou-se o centro e a alma da comissão, agregando tudo, contendo ímpetos, fazendo em suma quanto pudesse atenuar, para o comércio, para a indústria, para a propriedade e para a família curitibana, os efeitos da emergência excepcional em que se via a cidade. Um só documento será capaz alguém de apresentar de que meu marido sequer tivesse simpatias pela revolução. [...] Foi tal, senhor — e o Paraná inteiro aí tereis para confirmá-la —, foi tal a ação exercida por meu inditoso marido nos dias dolorosos em que Curitiba esteve pelo Governo entregue à revolução triunfante, que o comércio, a indústria, a imprensa, todas as classes sociais apontavam-no sempre como o elemento principal da grande força que constituiu-se a égide do direito, da 'Ordem, da tranquilidade de todos, tanto quanto era humanamente possível naqueles momentos anormais'. [...] Mas, logo nos primeiros dias após a chegada das tropas legais, entre cujas fileiras o governador que fugira entrava como um triunfador, meu marido percebeu que os sentimentos dos que voltavam desmentiam toda a convicção com que via restabelecer-se a Lei na terra paranaense, e isto não sem pasmo da população inteira, que supunha-se mais com direito à condolência pelo seu sofrimento, do que no risco de vir a padecer castigos por uma culpa que só o Governo cometera desertando o seu posto de guarda da Lei e garantidor da paz e da ordem. [...] Para o que me preocupa, é bastante dizer a V. Exa. que entre o assombro que lhe produzia a descaroável e monstruosa conduta que se anunciava contra todos os que não tinham oposto à invasão a resistência da fuga, e a mágoa que lhe calou fundo no coração sentindo ainda uma vez a sua virtude impotente para fazer emudecer a perversidade, a inveja e a calúnia — meu marido cedeu a instâncias da família reservando-se às violências que tinham já começado a ser praticadas contra a população, deve-se dizer, pois os quartéis, os teatros e até casas escolares desta Capital regurgitavam de presos, com toda expansão da ferocidade republicana, semelhante aos instintos daquele deus cujas iras aplacavam-se pela vingança e pelo sangue dos holocaustos. Dessa cautelosa reserva, no dia 10, meu marido saiu, como saíra Jesus das Oliveiras — entregue por um amigo dos muitos em que teve a infelicidade de crer.[...] O resto

V. Exa. sabe, e eu procuro desviar da minha imaginação aquele trem-esquife que, às 10 horas da noite de 20 de maio de 1894, partiu de Curitiba conduzindo o Barão do Serro Azul e seus companheiros de sacrifício. [...] V. Exa. decerto há de ter tido notícia do modo como se consumou aquela monstruosidade que maculou para sempre a civilização deste país e que não encontra símile na história da humanidade. [...] Mas, senhor, o que aí fica — peço a V. Exa. que não esqueça agora — nasce d'alma de uma criatura que tem os olhos voltados para a misericórdia de Deus e que não clama senão pela Justiça, para que o martírio das vítimas não fique pesando sobre os destinos deste país, em que tenho de deixar os meus tristes filhos. Curitiba, 8 de julho de 1895. — Maria José Correia — Baronesa do Serro Azul.

A baronesa levou Léger ao local da venda e abriu as caixas com os rótulos impressos.
— Veja, senhor Léger, aqui será sua linda queijaria, e essas serão as embalagens com a sua vaca de ouro!
— *Madame* "barronesá", ficaram lindos! Tem até uma vitrine... *Merci, merci.* — Beijou-lhe a mão.
Ela ficou ruborizada.
— Sou uma viúva, meu senhor! — E retirou a mão timidamente, coberta por uma renda fina preta.
— *Pardon, madame*! Sinto muito pela perda do seu esposo...
— Demorei muito para superar esse luto inconsolável, mas melhorei bastante com a carta que escrevi ao barão do

Ladário... Bem, vamos aos negócios... O que o senhor acha de uma comissão de trinta por cento sobre as vendas do mês? Léger nunca havia sido comerciante, era novato nos negócios. Já a baronesa era casada com um negociante por natureza, um dos fundadores da Associação Comercial do Paraná e da Impressora Paranaense.

— *D'accord!* — Ele lhe estendeu hesitantemente a mão para fechar negócio.

— Ótimo! Amanhã a queijaria será inaugurada, venha com o terno que lhe comprei para o *réveillon*.

O dia nem tinha amanhecido quando Léger levantou-se da cama. Arrumou-se como um lorde, passou perfume, colocou chapéu e, antes de pegar a carroça, despediu-se dos filhos e netos e passou no estábulo. Chérie lhe deu uma lambida no rosto que fez cair o chapéu. Ele a acariciou, lembrando-se de Catarina. Com uma lágrima derramada em seu terno de linho listrado, acenou à vaca com um sorriso. Seguiu pela estrada da Graciosa com a carroça abarrotada de rodas imensas de queijos de todos os tipos e sabores.

A aurora do dia tornava a silhueta das araucárias ainda mais bela. Os bem-te-vis saudavam o novo dia, e Léger saudava todos pelo caminho e orava para que seu novo ofício prosperasse. Chegando ao local da venda, pediu ajuda para desembarcar a mercadoria — quilos e quilos. Abriu as caixas com os rótulos, e foi colocando-os em cada roda de queijo, embalando-as e beijando o rótulo com Chérie estampada, como que lhe agradecendo e abençoando o estabelecimento. O letreiro já tinha sido colocado na fachada, ainda coberto por um pano branco. Ela mesma fizera questão de mandar imprimir na sua gráfica.

— *Bonjour, madame* "barronesá".

— *Bonjour, monsieur* Léger. Que belo dia para inaugurar a venda!

Ela descobriu o letreiro "QUEIJARIA CHÉRIE", com um desenho ao lado da vaca leiteira com guirlandas.

— Venham todos! Os melhores queijos de Curitiba estão aqui! Feitos com o mais saboroso leite!

A baronesa agitava o comércio e distribuía, ela mesma, pequenos pedaços aos que se aproximavam. A gritaria se somava com a dos jornaleiros, estampando a primeira página:

— Extra, extra! Santos Dumont ganha prêmio em Paris!

Mostravam a todos uma foto do dirigível "Le Santos Dumont número 6", que fizera a volta mais rápida ao redor da torre Eiffel.

— Extra! Onze quilômetros em vinte e nove minutos e meio!

Foi no dia 19 de outubro de 1901. O aviador brasileiro bateu um recorde de um voo circular sobre a área urbana de Paris, feito que lhe rendeu o prêmio *Deutsch de la Meurthe*.

O alvoroço no centro da cidade pela notícia extraordinária deu à baronesa uma grande ideia.

— Senhor Léger, vamos pagar um anúncio da queijaria na primeira página do *Dezenove de Dezembro*.

— Mas, *madame*, nem começamos a vender ainda!

— A propaganda é a alma do negócio! Pode deixar que eu pago o primeiro anúncio, depois pagamos com os lucros da venda.

— A "barronesá" realmente sabe das coisas de comércio!

Ela sorriu timidamente.

Na semana seguinte, lá estava estampada na primeira página "QUEIJARIA CHÉRIE: a mais querida da cidade"; "deliciosos queijos feitos do mais puro e saboroso leite de vaca". Obviamente, Chérie estava ilustrada com o seu túrgido úbere. Não demorou duas semanas para que a clientela passasse a frequentar a venda, encomendas eram feitas e, aos poucos, o estabelecimento foi conquistando os paladares mais exigentes da sociedade curitibana. Em apenas dois meses, os lucros da venda bancariam os anúncios no jornal. Em um deles, um convite para uma *petite dégustation*, com queijos de vários tipos, servidos em pequenos cubos espetados por palitos de madeira. Gente de todas as classes sociais veio provar e, obviamente, comprar.

Havia poucos concorrentes na praça, o maior deles, um suíço chamado Maurice, que se gabava de seus queijos, além de chocolates finos, os preferidos da alta burguesia. Léger estava começando a perder clientes para Maurice por conta dos chocolates. Para piorar, no ano seguinte, a baronesa vendeu a impressora paranaense para o alemão Francisco Folch, que cobrava mais caro para produzir os rótulos. Então Léger teve uma ideia:

— *Madame*, o que a senhora acha de comprarmos uma máquina de sorvete?

— Sorvete? Por que sorvete?

— Com o lucro da queijaria, mais a venda da gráfica, daria para vendermos, além de queijos, sorvetes finos...

— E o senhor sabe fazer sorvetes?

— Não, *madame*, mas conheço um italiano da colônia Santa Felicidade que sabe muito bem. Ele era meu cliente na Casa do Burro Brabo.

— Na casa de quem? — Logicamente ela não conhecia o tal "estabelecimento" masculino. — Sabe que não é má ideia? Senhor Léger, peça para esse tal italiano vir aqui amanhã sem falta! Quero ver se aprovo o sorvete...

— Certamente, *madame*!

No dia seguinte, como prometido, lá estava o colono italiano.

— *Bongiorno, signora* "baronezza". *Mi chiamo* Alberto.

— Bom dia, cavalheiro! Soube que o senhor faz o melhor sorvete da cidade, e adoraria prová-lo.

— *Ecco, signora!* — E deu a ela uma pequena pá de madeira com o sabor de coco.

— Que delícia! Posso provar outro?

— *Chiaro, questo é di vaniglia.*

— Aprovado! Mas tem um detalhe: o leite tem que ser da vaca do senhor Léger para fecharmos negócio, e dividiremos os lucros em três partes iguais.

— *Va benne,* "baronezza"*!*

Léger ofereceu um pedaço de queijo para o sorveteiro italiano.

— *Preziosissimo questo formaggio!*

— Minha vaca não falha nunca! — respondeu, orgulhosamente.

— *COF-COF-COF!* — engasgou Alberto.

— Tome esse leite. — Léger ofereceu-lhe um copo.

— *Ma che latte perfetto! Grazie mille!*

PARTE IV

Preságios e premonições

MUUUUUUUUUUUU-FOOOOOOOOOM!
A alta burguesia deliciava-se com champanhe durante o mais requintado jantar a bordo, ao som de Mozart. De repente, um solavanco, derrubando todas as taças das mesas. Ninguém sabia o que tinha acontecido. Pelo alto-falante, o capitão ordenou a todos que vestissem seus coletes salva-vidas. Em poucas horas, o desespero tomou conta dos passageiros, dos mais pobres aos mais afortunados, com exceção dos músicos, que continuavam a tocar, para manter a tranquilidade. Não havia botes para todos. "Só mulheres e crianças!" Muitos jogavam-se do navio no mar congelante do Atlântico Norte. O capitão não colocou o colete salva-vidas. Apitos silvando sem parar; o vento estava calmo, assim como o mar, onde boiavam cadáveres congelados. Sinalizadores cortavam o céu, como fogos de artifício...

— *Dio santo!* — Alberto acordou suando frio.
— *Ma che ha sucesso?* — perguntou sua esposa.
— Um pesadelo *terribile!* Muita gente morta no mar!
— Foi só um sonho, *amore mio.* Volte a dormir.

— Foi *da vero!* — contestou o marido.

Alberto não conseguiu mais dormir naquela noite. Ao amanhecer, recebeu Léger em sua casa, para começarem a produção de sorvete. Na carroça, muitos engradados de leite morno, havia pouco tempo ordenhado de Chérie.

— *Benvenuto, caro mio.*

— *Merci, mon ami. Ça va bien?*

— *No*, tive um pesadelo *orribile questa notte.*

— O que foi?

— Um navio gigante afundando por causa de uma montanha de gelo. A gente gritava por *aiuta, ma* quase ninguém se salvou. Desesperador!

— *Mon Dieu*, ainda bem que foi apenas um sonho — Léger tentou acalmá-lo, em vão.

— Não consegui mais dormir! Mas venha, deixe-me mostrar-lhe a minha máquina de fazer *gelatto*.

— Eu trouxe a matéria-prima! — O homem apontou para dúzias de engradados. — Tudo ordenhado hoje.

— *Oggi??*

— *Oui, monsieur* "Albertô"!

— *Ma che miracolo! Incredibile!*

— Por falar em milagres, faremos juntos o milagre da multiplicação de sorvetes! — brincou o francês.

— *Certo!* Amanhã levarei a máquina à sua queijaria.

— Queijaria e gelateria! — Léger gargalhou e lhe deu a mão para fechar negócio.

Na manhã seguinte, antes de abrir a venda, lá estava o italiano com a milagrosa máquina de sorvete. Na placa do negócio já tinha sido colocada, em letras menores, a palavra "GELATERIA". Em poucas horas, a fila de pessoas, a maioria crianças, se formava, estendendo-se por quarteirões no centro da cidade.

Com os lucros da venda, o anúncio no jornal estampava: "Sorvetes finos do mais puro leite". O sabor napolitano era o preferido da criançada, com três sabores misturados — creme, morango e chocolate. No início era servido em copos de papel, mas logo compraram uma máquina de fazer cones comestíveis feitos de marzipã. As barraquinhas de algodão-doce e pipoca, principais concorrentes entre os pequenos, já não faziam tanta fila como de costume, a não ser na hora da matinê no cinema ou quando vinha algum circo à cidade.

***

EXTRA, EXTRA! AMERICANOS INVENTARAM A AERONAVE MAIS PESADA QUE O AR!

A notícia estampada na capa de todos os jornais foi um marco na história. Dois irmãos norte-americanos criaram uma aeronave que foi lançada de uma catapulta na praia de Kitty Hawk, na Carolina do Norte. O voo, que percorreu uma distância de trinta e seis metros e meio em doze segundos, foi considerado o primeiro controlado e motorizado no mundo, e os irmãos Wright, os pioneiros da aviação. O feito ocorreu no dia 17 de dezembro de 1903.

***

MUUUUUUUUUUUUU-FOOOOOOOOOM!
Pessoas se acotovelando para entrar nos vagões; guardas apitando sem parar; crianças, tiradas de suas mães, gritavam.

Os homens, confinados, eram levados para trabalhar sem descanso, sem comida, sem calor. Nas mangas dos uniformes listrados dos prisioneiros, a estrela de Davi; nas dos militares, a suástica. Ouvia-se pelos alto-falantes: *"Heil, Hitler!"*. Centenas de campos de concentração, de cujas chaminés saía uma fumaça negra de cadáveres amontoados. Sirenes soando misturavam-se aos gritos de terror, enquanto mais trens chegavam para o abatedouro...

FOOOOOOOOOOM!
MAMÃÃÃÃÃÃÃE!

Várias crianças despertaram ao mesmo tempo, no meio da noite, chamando pelas mães. Tremiam de medo, como num estado de transe.

— O que foi, meu amor? — As mães as abraçavam.

— Mamãe, tive um sonho horrível! — as crianças choramingavam.

— Como era o sonho, meu bem?

— Eu vi um monte de gente sendo levada de trem para umas casas com chaminés. Elas não saíam mais de lá. Tinha até crianças, mamãe!

— Meu Deus, que horror, mas ainda bem que foi só um pesadelo... Já passou, volte a dormir, meu bem — as mães tentavam acalmá-las.

— Eu não consigo mais dormir! Não me deixe, por favor, mamãe!

— Nunca vou te abandonar, amor! Sempre te protegerei de todo o mal! — As mães limpavam a fronte suada e acariciavam os cabelos de seus filhos.

A baronesa ficou sabendo do ocorrido com as crianças, em razão de um evento beneficente em uma escola da cidade.

As mães estavam apavoradas, pois não sabiam o que podia ter causado aquele pesadelo tão tenebroso em várias crianças.

— Mas o que será que fez isso com elas? — a baronesa perguntou às mães.

— Não sabemos, *madame* baronesa, só sabemos que foi exatamente o mesmo sonho que nossos filhos nos contaram. A mesma cena de horror...

— Que coisa mais intrigante! Será que foi algo que elas comeram? — perguntou a mulher, perplexa.

— Nós as levamos para tomar sorvete no centro — uma professora respondeu. — Fazia muito calor!

— Hum, quando foi isso? — questionou a baronesa.

— Sexta-feira passada. Todas as sextas-feiras, fazemos um passeio com os alunos. Primeiro fomos ao Passeio Público e depois as levamos a uma sorveteria que abriu recentemente.

A baronesa logo pensou na queijaria, mas preferiu não falar nada, para evitar um escândalo. Desconversou:

— Que estranho, não estou sabendo dessa nova sorveteria, mas prometo que irei me informar melhor.

— Muito obrigada, senhora baronesa! Muita gentileza a sua pela doação para nossa escola.

— Não há de quê, é o mínimo que posso fazer pela educação de nossas crianças. Tenham um ótimo dia.

Aquilo ficou martelando em sua mente. Na semana seguinte, a última do mês, como de costume, a baronesa foi verificar as vendas do duplo negócio.

— Boa tarde, cavalheiros. Como foram as vendas deste mês?

— De vento em popa, *madame*! — respondeu Léger

— A venda de *gelatti* já superou a de *formaggi*! — completou Alberto.

— Mas que maravilha! Parabéns! Quero provar todos os sabores... — ela disse, com um sorriso levemente trêmulo.

— Certamente, *signora* "baronezza". — Alberto deu-lhe uma pazinha de madeira com cada sabor.

— *Hummmm,* todos deliciosos, mas gostei mais do napolitano.

— É o nosso "carro-chefe", *signora*. Deixe-me fazer uma bola na casquinha — o homem ofereceu.

— Nossa Chérie está fazendo sucesso, senhores! — a baronesa disse, com a voz meio embargada.

— *Grâce à Dieu, et aussi à madame!* — Léger beijou-lhe a mão lambuzada de sorvete.

Ela deu uma risadinha desconcertada, limpou as mãos e se despediu, após ter recebido sua parte dos dividendos. Logo que conferiu os lucros do mês, ficou impressionada, e mandou abrir um champanhe.

— Um brinde à Chérie!
— *Santé!*
— *Salute!*

***

MUUUUUUUUUUUU-FOOOOOOOOOM!

Bombas caindo sem parar. Aviões explodindo no ar, no mar e até se atirando sobre os navios. Navios atirando para o ar, e submarinos, do fundo do mar. Uma bomba caía do céu, deixando uma gigantesca massa destruidora na terra e, no ar, uma imensa nuvem parecida com um cogumelo. Pessoas dizimadas sem deixar rastro; pareciam ser orientais; crianças nuas gritando pelas ruas, queimadas pela bomba. Os símbolos da radioatividade e da suástica se fundem, formando um novo: uma foice e um martelo. Ao fundo, cor de sangue, derramando-se sobre a humanidade. A mesma foice e martelo são usados para derrubar um muro, que tomba. Bandeiras negras tremulando com uma letra "A" dentro de um círculo branco.

— Meu Deus do céu, que pesadelo horrível! — A baronesa acordou suando. *Agora sei que foi o sorvete*, pensou, lembrando-se do episódio com as crianças. *O que vou fazer?* Contar para os sócios ameaçaria o negócio, e ela não suportaria a falência e o subsequente escândalo social. *Vou fazer uma visitinha surpresa na colônia Argelina.* Teve o *insight*.

Para não chamar a atenção, pegou um bonde como qualquer cidadão comum e se vestiu como um homem simples. Prendeu seu cabelo dentro de um chapéu e colocou um bigode postiço. Como era distante da cidade, ela tinha que pegar uma carroça. Pagou o cocheiro, e o mandou parar antes de chegar à colônia. Para despistar, andou a pé uma distância não tão longa. No caminho, perguntou a um transeunte se conhecia o senhor Léger.

— Claro que conheço, ele trabalhava como garçom nessa casa. — E apontou para a Casa do Burro Brabo.

— Obrigado, senhor — ela disfarçou com uma voz mais grave. — Eu quero comprar queijos para vender no litoral.

— Ah, sim! Tem aqui no armazém do Burro Brabo.

— Quero comprar diretamente com o senhor Léger, por um preço menor.

— Então o senhor deve entrar na colônia, onde ele mora.

— O senhor poderia me levar até a casa dele? — Ofereceu-lhe uma quantia.

— Claro que sim!

— Muito agradecida! *Hāhāhā* — a voz desafinada —, agradecido! — O bigode estava desajeitado pelas cavalgadas até a casa de Léger. Ela rapidamente ajeitou-o no lugar e se despediu.

— Tenha um bom dia, senhora! *Hāhāhā* — limpando a garganta —, senhor! — E o homem deu a volta com seu cavalo dando gargalhadas.

— Ô-de-casa? — Ela bateu palmas

— O que deseja? — Um dos netos de Léger apareceu na janela.

— O senhor Léger se encontra?

— Qual a sua graça?

— Juvenal. Sou comerciante, vim comprar seus "famosos" queijos — a baronesa disse, com a voz trêmula.

— Um momento que vou chamá-lo.

— Agradecida! *COF-COF*, agradecido!

— Como posso ajudar vossa senhoria? — Léger se aproximou.

— Eu gostaria de comprar o seu queijo e vendê-lo no litoral. Trabalho em Morretes e estou descendo a serra.

— *D'accord*, quantas rodas vai levar?

— Meia dúzia das maiores de provolone, por favor.

— Já lhe trago. Um momento, *s'il vous plaît*.

Enquanto o colono ia ao seu depósito pegar os queijos, a baronesa foi sorrateiramente ao estábulo, pois queria ver novamente a Chérie. Quando chegou, deparou com a vaca, que se assustou e deu um mugido muito forte, fazendo a baronesa ficar aterrorizada ao ver os quatro chifres e o úbere gigante. Ela saiu correndo, e não percebeu que o bigode postiço tinha caído no chão. Nisso, Léger voltava com as rodas de queijo.

— Aqui estão, senhor... senhor? O que houve com seu bigode? — Ele reconheceu a boca e os olhos da baronesa. — "Barronesá"? É a *madame*?

— Sim, sou eu, mas fale baixo! — cochichou. — Depois eu conto por que estou vestida assim... Não quero que ninguém me reconheça.

— *Ça va bien*, mas estou confuso. O que aconteceu?

— Explico depois, só preciso levar esses queijos. Pode descontar da minha parte dos lucros.

— *D'accord*, a *madame*, digo, a sua senhoria deseja que lhe leve de volta à sua casa?

— Não, voltarei com a carroça que me espera na frente do armazém do Burro Brabo.

— Então a levarei até lá.

— Agradeço a gentileza.

— *Adieu, madame*... Hãhãhã... *monsieur*. — E ele a deixou na carroça que ela havia alugado.

Aquilo deixou Léger muito intrigado. *O que será que ela está planejando?*, ele se perguntou, pegando do chão o bigode postiço.

De volta a sua residência, a baronesa, agoniada com aquela roupa suja, e toda suada, mandou sua aia lhe preparar sua banheira com extrato de ervas, patchuli e lavanda. Enquanto se banhava, pensou: *Que loucura a minha! E aquela vaca, que coisa mais bizarra! Já sei o que vou fazer para provar que o leite dessa vaca está causando esses pesadelos coletivos: vou dar de presente estes queijos para um chef amigo meu que sabe fazer um delicioso fondue.*

— *Mon amie* "barronesá", a que devo a honra de sua presença no meu *restaurant suisse*?

— Meu querido amigo, *chef* Vergé! Por favor, aceite como um presente este maravilhoso queijo que comprei diretamente do produtor. Ele tem uma vaca que produz um leite encantadoramente saboroso.

— Que *formidable*. Mas primeiro preciso verificar se é um bom queijo para fazer *fondue*.

— Imagine, meu amigo, eu sou prova da sua qualidade. É simplesmente magnífico! — ela disse, com um tom de voz sutilmente irônico.

— Está bem, confio no seu *bon goût*. Servirei hoje mesmo, durante um jantar de negócios reservado para uns clientes.

— *Parfait*, querido! Depois me conte se eles aprovaram o *fondue*. — Dessa vez o tom da baronesa era hesitante.

— *Merci beaucoup* pelo presente, *mon amie*. Seja sempre bem-vinda ao Chez Vergé.

— Obrigada e até breve! — despediu-se ela.

Mais tarde naquela noite, o *chef* suíço pegou seu ralador de queijos e começou a ralar as rodelas que havia ganhado da sua nobre amiga. Pôs uma grande panela de aço no fogo para derreter aquela montanha de queijo ralado. Os clientes começaram a chegar por volta das oito da noite. O queijo estava derretendo na panela havia duas horas, e lentamente formava uma consistência cremosa, bem no ponto para ser servido. Em cada mesa havia um *réchaud* com brasas acesas e, ao lado dos pratos de porcelana, espetos especiais de madeira cujas extremidades eram de cores diferentes, para que ninguém trocasse com o do vizinho.

— *Voilà la fondue spéciale!* — anunciou o *chef*.

— Viva! — O cheiro perfumoso do queijo impregnou o ambiente, fazendo todos salivarem.

— *Bon appétit!* — O *chef* tinha provado a iguaria, como fazia de praxe, antes de servirem os clientes.

Todos foram espetando seus pães de vários tipos e os mergulhando nas caçarolas com queijo derretido, borbulhando.

Parecia um festival de degustação, com vinho tinto e *paté* de *foie gras* para acompanhar. Todos ficaram nababescamente satisfeitos e brindavam a cada panela que chegava à mesa: ao *chef* Vergé!

MUUUUUUUUUUUU-FOOOOOOOOOM!

Duas torres em chamas, expelindo nuvens espessas de fumaça. Pessoas lançavam-se do alto das torres ao chão. O fogo retorcia o aço, que já não aguentava mais o peso do concreto. A primeira torre desaba, formando uma gigante nuvem espessa de poeira. Mais corpos dilacerados nos escombros. Desaba a segunda, implodindo no chão. Os símbolos do poder do capital sucumbem, e dão lugar a outro símbolo, uma bandeira preta com alfabeto árabe escrito em branco. O terror espalha-se por inúmeras nações do planeta, deixando um rastro de sangue e pânico. O céu de Nova York estava estranhamente lindo e calmo naquele dia.

Naquele mesmo instante, todos os clientes do Chez Vergé, inclusive o *chef*, acordaram apavorados. Era manhã de 11 de setembro de 1905.

— Minha nossa senhora!

— Meu Deus do céu!

— Misericórdia!

— Jesus Cristo!

Um por um relatava o pesadelo que tivera naquela noite. O *chef* fez questão de perguntar a cada um que estivera no jantar. Pensou: *Será que algo estava errado com o fondue? Mas todos se deliciaram e rasparam as panelas!*

Realmente não tinha sobrado nada. Então se lembrou do que a baronesa tinha perguntado, se todos teriam aprovado o queijo que ela oferecera com tanto entusiasmo. *Obviamente que sim*, pensou. Ninguém associou os pesadelos ao fato de terem comido o queijo "encantado" da baronesa. O *chef* Vergé mandou-lhe um telegrama:

> **Querida amiga, seu queijo rendeu um maravilhoso fondue, e todos ficaram plenamente satisfeitos. Porém, algo intrigou-me: se o queijo derretido poderia ter provocado uma perturbação nos clientes, pois todos, inclusive eu, tivemos exatamente o mesmo pesadelo horrendo na mesma noite. Aguardo sua pronta resposta. Seu amigo, Vergé.**

Ao ler o telegrama, a baronesa do Serro Azul constatou aquilo que era apenas uma suposição. O leite daquela misteriosa vaca estava provocando uma espécie de alucinação coletiva, mas ela não tinha a menor ideia do porquê. Seria o capim com alguma planta alucinógena que estaria envenenando a vaca? Ou ela estaria comendo alguma dama-da-noite ou cogumelo? E se não for nada disso? Ela começou a ficar desesperada de imaginar que todas as vendas teriam que ser suspensas até alcançar alguma resposta. Imediatamente pegou seu tinteiro e pena e respondeu ao *chef* Vergé:

> **Estimado amigo, agradeço sua mensagem. Confesso que fiquei consternada com o ocorrido após o jantar. Irei averiguar prontamente. Saudações da sua amiga baronesa.**

Ela lembrou-se da visita que havia feito disfarçada de homem na colônia Argelina. A imagem da vaca não saía da sua mente, com aqueles chifres e úbere... No mesmo instante, escreveu outro telegrama, agora endereçado à residência de Léger:

> **Querido senhor Léger, escrevo-lhe para perguntar se sua vaca estaria com alguma doença ou se haveria algo diferente no capim de que ela se alimenta. Tenho recebido notícias de que nossos clientes estão sofrendo de perturbações em seus sonhos, cujas imagens se repetem em todos os que consomem nossos produtos, tanto os queijos quanto o sorvete. Preocupa-me o fato de sermos obrigados a fechar o comércio até que alguma solução venha à tona. Aguardo sua pronta resposta. Saudações, baronesa do Serro Azul.**

Assim que o telegrama chegou, Luiza logo entregou ao seu avô:

— É da baronesa, vovô!

— Da "barronesá"? Ela nunca mandou telegrama para nossa casa! Deve ser algo sério — respondeu.

Logo leu a mensagem, e suas mãos começaram a suar frio. Gotas da sua fronte calva caíam no papel, que ficou encharcado.

— Por que o senhor está branco, vovô? — perguntou a neta caçula, Catarina.

— Não é nada, minha *chérie*, o vovô está um pouco cansado, só isso.

Léger estava com a cabeça tão quente que foi se banhar no rio Bacachery, às margens da colônia. No caminho, foi urinar perto da estrebaria. Com as calças arriadas, levou uma lambida em suas nádegas brancas como leite.

— *MUUUUUUUU!*

— Chérie, sua danada! — Espirrou xixi para todos os lados e pisou na bosta da vaca. — Olha só o que está acontecendo por sua causa! Se as pessoas ficarem sabendo que você tem esse "defeito", será o nosso fim! Nunca mais venderemos nada e voltaremos à miséria!

— *MUUUUUU!* — E levou outra lambida, agora na face.

— Chega! Volte já para o estábulo! — Ela voltou com a cabeça baixa, soltando um mugido bem fino, parecendo um choro.

Enquanto Léger se banhava e mergulhava nas águas frias do rio, sua cabeça voltava ao lugar, e suas ideias, ao eixo. Falou consigo mesmo em voz alta: *Amanhã mesmo vou pessoalmente falar com a baronesa e contar a verdade sobre Chérie.*

Decidido, logo cedo, pegou sua carroça e, enquanto a aurora despontava no horizonte, pensava em todas as palavras a serem proferidas para a baronesa. Não podia titubear, caso contrário poria tudo a perder. O futuro da sua família estava em jogo, e pensou em cada um de seus filhos e netos. João, o filho primogênito, não vivia mais na colônia, pois era ferroviário no interior do estado, onde as estradas de ferro expandiam-se em vários ramais. Ele juntou dinheiro para construir uma casa perto da estação de trem de Curitiba. Os demais filhos e netos moravam na colônia, e a tradição de trabalhar no ramo ferroviário era passada para as outras gerações.

Léger não queria que os homens da família dependessem da agricultura para sobreviver. A vaca "milagrosa" seria um relicário, um porto seguro hereditário da família, mas parecia que estava sendo ameaçado. Léger chegou à mansão da baronesa. Ela estava tomando o desjejum no seu jardim.

— Deixe-o entrar, Matilde, vou recebê-lo aqui — falou à governanta.

— Sim, Nhá Coca. Com sua licença. — A mulher retirou-se.

— Seja bem-vindo. A que devo a honra da visita tão cedo?

— Com sua licença, *madame*, obrigado por me receber. Estou me recordando deste jardim. Não foi aqui que passamos o *réveillon* do século XX?

— Foi sim, *monsieur* Léger, lembro-me como se fosse ontem. Um eclipse bem na virada! Os sinos não badalaram, não houve fogos de artifício. O único barulho que se ouvia ao longe deixou todos atônitos. Não sei o que era.

Léger respirou profundamente e disse:

— Foi a Chérie, *madame*! — ele disse, apreensivo com a reação dela.

— Era o que eu suspeitava, *monsieur*. Seus queijos causaram pesadelos em todos os convidados. Eu fiz questão de perguntar um a um.

Léger lembrou-se do sorveteiro italiano e do veterinário polaco.

— Sim, a senhora me contou que saiu até nos jornais. Mas eu achava que tudo isso fosse uma histeria coletiva sobre o fim do mundo na virada do século. Apenas eu não tive tais sonhos.

— Provavelmente porque o senhor não comeu os próprios queijos — ela confirmou.

— Sim, *madame*, eu não me senti à vontade.

— Compreendo perfeitamente, mas o senhor soube qual foi o pesadelo que todos, inclusive eu, tiveram naquela noite?

— Soube sim, *madame*. O senhor Alberto, o sorveteiro, me contou, e um veterinário também.

— Todos sonhamos com um naufrágio trágico de um navio gigante causado por uma colisão com um *iceberg*!

— *C'est vrai, madame*, fiquei *très choqué*! — E desabafou: — Estou com muito medo do que possa acontecer se as pessoas souberem que o leite da Chérie é "contaminado". Minha família depende dessa vaca, *madame*! Jamais me perdoarei se voltarmos a passar fome novamente! Jamais! — E começou a chorar, soluçando.

A baronesa pôs as mãos nos ombros do colono de maneira compassiva e respondeu, olhando em seus olhos lacrimejantes:

— Eu sei exatamente como contornar essa situação, meu caro!

— *Comment*, diga, *s'il vous plaît*?

— Não agora, mas a minha ideia é brilhante. E nem precisaremos mais vender seus queijos!

— Vender a Chérie?! Nunca! *Jamais!* — Ele enxugou as lágrimas no seu casaco de lã.

— Não se preocupe, *monsieur* Léger. Não vendê-la, mas o seu poder milagroso! — Ela engasgou. — Contarei melhor em outro dia — disse ela, sorrindo, com uma piscadela furtiva.

— E o que faremos com toda a produção de queijos e sorvetes?

— Teremos que consumir nós mesmos, ou jogar tudo fora!

— Mas seria um enorme desperdício!

— Ou podemos doar para instituições de caridade, conheço várias na cidade.

— *Ça va, madame*.

— Deixe comigo. Só lhe peço que coloque os queijos nas caixas, sem o rótulo. Já o sorvete, terá que ser descartado. Eu lhe pago o prejuízo, e ao senhor Alberto.

— *Merci beaucoup, madame*, falarei com ele sem falta.

Conforme combinado, Léger deixou todos os queijos em caixas de madeira, tomando o cuidado de retirar os rótulos das embalagens. A baronesa mandou seus cocheiros encherem as carroças, que ficaram abarrotadas, e entregar as caixas aos destinos selecionados. Durante o percurso, muito acidentado por pedras, ouviu-se um barulho ensurdecedor:

MMMMMUUUUUU!

As mulas se assustaram e empinaram as carroças, fazendo todas as caixas caírem numa ladeira e se espatifarem completamente, derrubando todos os queijos na terra molhada e deixando-os totalmente imundos. Os animais estavam com os olhos arregalados e tremendo, como num transe. Os cocheiros ficaram apavorados e preferiram voltar, sem falar nada sobre o acidente, até porque não daria para recuperar a mercadoria e não saberiam como explicar as circunstâncias do acontecido.

Léger ficou imaginando os planos da baronesa. Logicamente, seria algo lucrativo, mas suas boas intenções não poderiam ser pretexto para manipular a ingenuidade do colono francês. *Preciso encontrar alguém que seja confidente da "barronesá"*, pensou. *A governanta!*, lembrou-se da última visita que fizera ao palacete.

No dia seguinte, um domingo, Léger foi novamente à casa da baronesa, dessa vez para tentar descobrir seus planos, mas ele não podia ser reconhecido por ninguém. O francês aproveitou que a baronesa havia saído para ir à missa na catedral, e a governanta estava descansando após o almoço. Léger estava nos fundos do casarão, onde ficavam os cocheiros. Apresentou-se vestido como um deles, dizendo que a governanta o tinha mandado chamar para uma entrevista de emprego, por meio de um anúncio de jornal. Mostrou aos cocheiros o suposto anúncio e ficou esperando no saguão principal.

Num momento de descuido, sem empregados por perto, subiu as escadas e foi até os aposentos da baronesa. Entrou no quarto e viu um baú de madeira nobre com frisos dourados. Estava aberto com a chave na fechadura. Era um cofre cheio de joias e dinheiro em espécie. Na parte interna do baú, forrado de cetim vermelho, um rótulo com a figura de Chérie. De repente, ouviu passos nas escadas e rapidamente se escondeu atrás das cortinas, sem os sapatos.

— Então, minha querida, veja só a minha situação... — A voz era da baronesa, ao entrar no quarto.

— Mas Nhá Coca, o que a senhora pretender fazer? — a governanta perguntou.

— Eu tive uma ideia genial, mas só você pode saber, viu?

— Imagina, minha boca é um túmulo!

Os pés de Léger começaram a ficar inquietos à medida que ouvia a confidência da baronesa à governanta. Ele pulou da janela, que estava entreaberta, para o jardim de inverno, que, por sorte, não tinha ninguém. Correu o mais rápido que pôde até a coxia dos cavalos. Os cocheiros perguntaram:

— Como foi a entrevista, meu senhor?

Ele ficou mudo e empalideceu.

— O que houve? O gato, digo, a governanta comeu sua língua? — E soltaram gargalhadas.

Léger saiu correndo sem dizer uma palavra.

— Pelo jeito, ele foi aprovado com louvor e amor! — Mais gargalhadas. Matilde era conhecida por assediar os novos candidatos, e só aprovava aqueles que caíam em seu charme roliço.

O francês pegou o primeiro bonde para a colônia Argelina, recém-inaugurado. Chegando em casa, não falou com ninguém e foi direto para sua cama. Não conseguia dormir. Ele quis tirar a prova de que sua vaca realmente produzia um leite capaz de causar premonições aterrorizantes. Pegou uma garrafa de leite morno e a tomou até o fim, derramando por toda a roupa. Em seguida, dormiu, todo encharcado.

MUUUUUUUUUUUU-FOOOOOOOOOM!

Ondas de pessoas fugindo de seus países. Trens e botes infláveis superlotados. Naufrágios no mar Mediterrâneo. Acampamentos apinhados de gente por todos os lados. Países dos Bálcãs dissolvendo-se em guerras. Ditaduras espalhando-se no Oriente Médio. Primavera árabe no norte da África. Ditadores condenados à forca. O golfo Pérsico queimando um óleo negro valiosíssimo. Armas de destruição em massa? Coreias divididas: uma abre-se para o mundo e a outra fecha-se. Um parasita letal espalha-se pelo ar e asfixia vidas humanas em todo o planeta. Covas a céu aberto, sem funeral, sem despedidas. Um tecido velando os rostos, deixando à mostra somente os olhos amedrontados.

— *Jésus-Christ! Mon Dieu! Notre-Dame!* — Acordou molhado de suor e leite azedo.

Léger se deu conta da enrascada em que tinha se metido. Não conseguia mais dormir, com as palavras da baronesa ecoando na sua cabeça. Ainda não tinha amanhecido e foi lavar-se no tanque da colônia. Antes, passou no estábulo e lá estava Chérie, dormindo como um anjo. Léger pensou: *Como pode uma vaca tão inofensiva provocar nas pessoas coisas tão terríveis?*

Enquanto se banhava, vinham à mente imagens desde quando a comprara dos gêmeos, até as falas das pessoas que tinham tido os ditos pesadelos. *Será que é amaldiçoada?*

Mesmo não sendo supersticioso, começou a se convencer de que tinha alguma coisa errada com o ruminante. *Aqueles chifres, aquele úbere com tanto leite, mesmo sem estar prenha! Não, ela não podia ser apenas uma vaca...* Pensou na sua amada Catarina, que sempre desconfiava dela, e acabou morrendo do coração por causa dela. Tomado de raiva, gritou bem alto:

— *Vache* maldita!

Chérie acordou, mesmo estando longe de onde seu dono estava, e respondeu com um mugido de lamentação:

— MUUUUUUUU!

Léger começou a chorar, e o sentimento de raiva o fez pensar em se livrar dela para sempre. Mas o desespero de voltar à vida que vivia o impedia. *Prometi a mim mesmo e à minha família nunca mais passar fome.* Ao sair do tanque, nu, lá estava Chérie, contemplando o dono e abanando o rabo.

— Como veio parar aqui? Ficou invisível, por acaso? Volte já para a estrebaria, se não eu vou... — E engoliu o choro.

Ela aproximou-se dele e lhe deu um afago com a cabeça e uma lambida na testa calva. Léger agarrou o pescoço da vaca, com lágrimas nos olhos, e lhe deu um beijo no focinho.

— Você é uma bênção, mas não entendo por que te comprei! Por que tudo isso? *Pourquoi, Seigneur?* — gritou com toda a força, olhando para o céu, e levou uma lambida no traseiro.

— Chega, Chérie! Volte já para casa! — E se vestiu com pressa.

EXTRA, EXTRA! SANTOS DUMMONT FAZ HISTÓRIA DE NOVO EM PARIS! DECOLOU DO CHÃO SEU AVIÃO! EXTRA! O 14-BIS CONQUISTA A FRANÇA!

Essa era a notícia no dia 23 de outubro de 1906, que criou um grande debate sobre quem teria inventado o primeiro avião tripulado do mundo. Três anos antes, os irmãos Wright tinham construído o aeroplano *Flyer*, lançado de uma catapulta na praia de Kitty Hawk, na Carolina do Norte. A aeronave tinha duas asas sobrepostas uma acima da outra e utilizava um sistema de controle tridimensional inovador, que permitia controlar o avião em três eixos. Isso dava maior estabilidade e capacidade de manobra. Por sua vez, o *14-Bis* do brasileiro Alberto Santos Dummont tinha um sistema de controle mais simples, com apenas uma asa e um leme traseiro e alavancas para controlar a inclinação da asa, para garantir a estabilidade.

A principal diferença da aeronave americana era que a brasileira não precisou ser impulsionada para decolar, saindo do solo por si mesma. Se você perguntar, então, quem inventou o avião, vai depender do ponto de vista e de em que país você fizer a pergunta. Porém, sem dúvida, todos concordarão que tanto os Wright quanto Dummont contribuíram como pioneiros da aviação no início do século XX e são considerados heróis nacionais.

A baronesa se impressionou tanto com a notícia histórica que quis homenagear o aviador brasileiro. Mandou confeccionar chapéus Panamá, que ele costumava usar, e jogou de sua sacada aos montes para os transeuntes, gritando:

— VIVA SANTOS DUMMONT, ORGULHO DO BRASIL!

Ela também convidou militares de alta patente para uma festa em seu casarão. Mandou decorar o pátio com dezenas de miniaturas de madeira do *14-Bis* e entregou aos convidados os famosos chapéus. Ela mesma usava um, para estimular que as esposas dos militares também o usassem. O chapéu caiu bem em todos. Servia-se champanhe e ouvia-se uma fanfarra tocar o Hino Nacional. O céu estava estrelado e a lua cheia brilhava forte. De repente, uma pequena sombra começou a cobri-la: mais um eclipse, o primeiro do século XX.

— Olhem para a lua! Um eclipse!

— *OHHHHHHH!* — a aclamação foi geral, com palmas e mais músicas militares.

— Um brinde ao herói da nossa pátria!

E todos levantaram suas taças e começaram a cantar o Hino Nacional:

— *...e o sol da liberdade em raios fúlgidos, brilhou no céu da pátria nesse instante...*

No mesmo instante, viu-se no céu um clarão tão forte que parecia dia no meio da noite coberta pelo eclipse.

— Uma estrela cadente! — gritavam uns.

— Será o fim do mundo? — exasperavam-se outros.

— Acalmem-se todos! São fenômenos naturais do espaço, mais visíveis sem a claridade da lua — um brigadeiro argumentou, tentando tranquilizar os presentes.

Todos os animais notívagos se esconderam, e os que estavam dormindo acordaram assustados. Não houve barulho algum, apenas um clarão, como um relâmpago rasgando a cortina da noite. Não durou mais do que alguns segundos, já o eclipse, horas. Até as marés mudaram de curso. Ninguém deu à luz naquela noite, os bebês pareciam esperar pelo primeiro sopro de vida.

Passadas as emoções exageradas, todos os convidados retornaram para suas casas com um sentimento de arrebatamento. Pelas ruas, ainda se ouviam ao longe alguns transeuntes ébrios gritando vivas ao aviador. Fogos de artifício ainda pipocavam no céu. O ufanismo popular adentrou a madrugada. Léger e sua família também celebraram a proeza de Dummont, cantando em uníssono:

— *Allez le quatorze bis! Le brésilien a volé à Paris!*

Na manhã do dia seguinte, um domingo, como de costume, um dos netos de Léger acordou bem cedo para ordenhar o leite de Chérie, enquanto outros saíam para comprar pão no armazém da colônia para o café da manhã. O galo anunciava a alvorada, mas, naquele dia, o canto soava em tom lamurioso. Os pássaros pareciam juntar-se ao galináceo, no mesmo tom. Levy pegou os baldes e foi ao estábulo, ainda bocejando. Levou um susto ao entrar:

— Chérie, Chérie? Cadê você? — Ele largou os baldes no chão e voltou correndo para a casa de seu pai, Henrique.

— *Papa*, roubaram a nossa Chérie! — gritou, quase sem fôlego.

— Calma, *mon fils*, ela deve ter se escondido por causa dos fogos. Vamos lá ver!

— Chérie, querida! — Henrique assoviou várias vezes e nada. Começou a se preocupar, pois não havia sinais de arrombamento na porta, nem nos portões, nem na cerca ao redor. — Tem alguma coisa errada acontecendo por aqui.

Os outros filhos de Henrique acordaram com os assovios e correram para a estrebaria.

— Cadê a Chérie, *papa*? Será que ela morreu? — a pequena Maria começou a choramingar.

— Fique tranquila, *ma cadette*, vamos encontrá-la. Ela deve estar escondida — tentou consolá-la.

— Chérie! Chérie! Chérie! — todos chamavam.

Nessa hora, Léger, ainda de pijama e touca, chegou. Só ele sabia assoviar para a sua vaca:

— *FIUUUUUÍ! FIUUUUÍ! FIUUUÍ!*

Silêncio total. Até os passarinhos e o galo pararam o canto. Só se ouvia a respiração ofegante de todos. O sol começava a nascer, mas havia algo diferente naquele amanhecer. Os raios do sol apontavam para uma única direção do firmamento, e uma única estrela ainda cintilava forte, num ritmo cadenciado. Parecia uma espécie de código.

— Olhem para o céu, apontando para a estrela! — gritou a caçula Maria.

— *OOOOOOOHHH!* — todos estavam extasiados, menos Léger, que começou a soluçar de tanto chorar.

— Será que a Chérie virou uma estrela, vovô?

— Levaram a minha Chérie! *Pourquoi, mon Dieu?!* — Léger levantou as mãos para o céu. — Pode ser que sim, *ma petite fille*. — E afagou seu cabelo cacheado.

— Ainda temos bastante queijo no estoque, *papa* — Henrique tentou consolá-lo.

— Temos que jogar tudo fora! Está envenenado!

— Envenenado? Mas quem faria isso?

— Não sei! Não sei mais de nada! — disse, voltando a chorar. — Será a nossa ruína, *mon fils*, nossa ruína!

— Não exagere, *papa*, eu já coloquei *mon fils* Júlio para trabalhar na estrada de ferro até Ponta Grossa, que está quase pronta. Eles pagam um bom dinheiro para que os novatos sejam contratados.

— *D'accord*, mas isso não vai sustentar toda a nossa família. O seu salário e o do seu irmão João até podem ajudar, mas não por muito tempo. E eu não vou voltar a viver de gorjetas como garçom novamente. Nem tentar plantar nessa terra estéril que tanto arruinou nossa família! Eu falei para mim mesmo que nunca mais iríamos passar necessidade. Eu nunca me perdoaria! Jamais! — E voltou a soluçar.

Henrique acolheu o pai e beijou-lhe a testa calva, acariciando suas costas.

— Nós vamos dar um jeito, *papa*!

— Deixe-me aqui sozinho um pouco, vou pensar — respondeu Léger.

— Ça va. — Eles se abraçaram. — *Je t'aime, papa!*

— *Je t'aime, mon fils!* — Ele enxugou as lágrimas no ombro de Henrique.

Léger deitou-se no feno vazio, olhando para o céu. A estrela parecia não querer se ofuscar pela claridade do dia. O sol se escondia atrás das nuvens, que se moviam lentamente. Pareciam formar feições humanas, familiares. Remetiam Léger à sua infância na Alsácia... os semblantes dos seus pais tornaram-se nitidamente visíveis. Lágrimas escorriam de seu rosto, sem parar, embaçando-lhe a visão. A estrela cintilava ritmicamente, misturando-se com os raios do sol por trás das nuvens. Os olhos marejados formavam um caleidoscópio cintilante. Ele enxugou as lágrimas no pijama e tornou a olhar para as nuvens, que desenhavam a forma de um sino.

— *Mon Dieu!* É o sino da Chérie! É você, Chérie? — Parecia que a vaca estava chamando pelo seu dono.

FOOOOOOOOOOMMM, apitava o trem ao fundo.

— Espere por mim, estou indo!

Ao se levantar, ele tropeçou em algo que se escondia sob o feno.

— O sino de Chérie! Ela está me chamando!

E começou a sacudir o sino bem forte, querendo se comunicar com o mamífero. Léger o levantou para o céu, sobrepondo-se exatamente à silhueta da nuvem. Gritou mais uma vez:

— Já vou, *ma Chérie*! Não me deixe!

Léger foi até o estoque de queijos e não pensou duas vezes. Começou a devorá-los freneticamente. *Assim vou encontrá-la em meus sonhos*, pensou. Não sobrou nenhuma migalha. *Não quero que mais ninguém tenha pesadelos!* A enorme quantidade de queijo que comeu o fez adormecer por causa do bolor ingerido. Ficou estatelado sobre a mesa, em um sono profundo. Ninguém conseguia despertá-lo. Ele tinha colocado o sininho no pescoço, com o nome de sua vaca gravado.

— Ele está todo sujo de queijo! — comentou um neto.

— Acorda, vovô! — gritavam.

Quando foram ao depósito, viram todas as prateleiras vazias.

— Ele comeu todos os queijos!

— Por que fez isso, se ele pediu pra jogarmos fora por estarem envenenados?

— Vamos logo chamar um médico, antes que ele morra envenenado! — gritou, apavorada, Emma.

— Vai demorar muito até ele chegar. Vamos dar leite para ele beber, para cortar o efeito. Vá pegar logo uma garrafa no armazém, Emma! — gritou Henrique.

Ela saiu correndo desesperada. Pouco tempo depois:

— Tome, *papa*, vai te fazer bem — Henrique o colocou na boca de Léger, forçando-o a beber.

Léger engasgou-se e começou a tossir o leite, e a vomitar todo o queijo que tinha comido. O cheiro azedo impregnou o lugar.

— Chérie, cadê você? Onde ela está? — ele disse, acordando.

— Ela se foi, vovô! — respondeu Luiza.

— Não pode ser, ela estava me chamando! Eu vi o sino dela no céu!

— O senhor está delirando, *papa*. Tome esse leite, vai lhe fazer bem — ofereceu Marie.

Ele vomitou ainda mais.

— Não acredito, ela deixou o sino aqui por algum motivo. Ela queria que eu a encontrasse.

— O senhor precisa tomar um banho, está todo sujo de queijo e vômito.

— Sim, chega de leite e queijo! Vou me lavar no rio.

— Iremos com o senhor, ainda não está bem.

— Não precisa, meus queridos filhos e netos! Eu sei nadar...

— *S'il te plaît*, volte logo!

O rio Bacachery estava cheio, pois tinha chovido bastante. Ninguém estava por perto. Léger tirou a roupa e deixou uma muda de roupa limpa nas margens do rio. Só não tirou o sino de Chérie. Ao olhar para o sino, levou um susto. Nele estava gravado o nome Léger. Ainda um pouco tonto, ele esfregou os olhos. Olhou de novo para o sino, e seu nome tinha desaparecido. Chacoalhou-o, e não fazia barulho. Então o lançou com toda a força nas águas, que corriam rápido. O sino boiava rio abaixo, quando, de repente, sua corrente ficou presa em algum galho de árvore. Não era um galho, mas um chifre. O sino começou a afundar.

— Chérie!!! — Léger gritou, desesperado. — Vou te salvar!

Léger atirou-se no rio para resgatá-la. A corrente ganhou mais força. Ele nadava contra com tanta força que não conseguia vencer as águas. Mergulhou várias vezes, e nada do sino. Subitamente, o sino emergiu bem perto dele. Logo o pegou e colocou no pescoço, mas estava muito pesado para ele conseguir nadar de volta à margem. Debatia-se freneticamente e começou a engolir muita água. Tentava gritar por socorro e engolia mais água ainda. Começou a afundar, pois suas forças estavam se esgotando. A corrente do sino o estava sufocando, mas ele não conseguia retirá-la do pescoço. Esgotaram-se todas as forças, e o sino afundou, levando consigo o corpo de Léger. O rio ficou calmo, de repente.

FOOOOOOOOOOOOM-MUUUUUUUUUU!

Léger acordou, encharcado, com uma marca vermelha no pescoço.

FIM

POSFÁCIO

De vilão a herói da pátria

Um personagem de destaque neste livro, e que merece maior conhecimento por parte do leitor e do público em geral, foi uma vítima da história do Brasil: Ildefonso Pereira Correia, o barão do Serro Azul.

Nasceu em Paranaguá, no dia 6 de agosto de 1849, de uma família abastada e influente na política brasileira. Seu pai, o tenente-coronel Manuel Francisco Correia Júnior, era proprietário de terras, e influenciou Ildefonso desde pequeno em assuntos políticos e empresariais. Morreu quando o filho tinha doze anos. Sua mãe, Francisca Antônia Pereira Correia, e seus irmãos mais velhos destacavam-se na política. Em 1871, casou-se com Maria José Correia, sua prima-irmã, conhecida pela família como Nhá Coca, com quem teve três filhos: Iphygênia, Maria Clara e Ildefonso Júnior.

Ildefonso Correia concluiu seus estudos em humanidades no Rio de Janeiro aos vinte e quatro anos e, ao voltar para o Paraná, surgiu o interesse de conhecer o comércio da erva-mate. Por isso, visitou as cidades de Montevidéu e Buenos Aires, grandes consumidoras do produto. Com um conhecimento mais maduro da matéria-prima, aos vinte e sete anos, instalou em Antonina, no litoral paranaense, seu primeiro engenho de mate. Quatro anos mais tarde, mostrou o produto numa exposição nos Estados Unidos, obtendo grande apreciação.

De volta a Paranaguá, recebeu convite para ser deputado da província pelo partido conservador. Transferiu-se para a capital, Curitiba, onde, além de político, foi um grande empreendedor. Adquiriu e modernizou o Engenho Iguaçu, construiu o Engenho Tibagy e a escola Tiradentes e ajudou na construção da nova igreja Matriz. Em 1880, durante a visita do casal imperial ao Paraná, recebeu grande apreço e consideração, o que lhe rendeu a comenda imperial da "Ordem da Rosa", com apenas trinta e dois anos.

Nas eleições de 1882, elegeu-se deputado provincial, e foi bem-sucedido, apaziguando os ânimos durante uma crise política na Assembleia. Em 1888, assumiu interinamente o governo da província, mas não conseguiu evitar a crise parlamentar. Abolicionista, ao se tornar presidente da Câmara Municipal de Curitiba, comprometeu-se com a emancipação dos escravizados do município. Por isso, recebeu da então princesa-regente do Brasil o título de barão do Serro Azul, em 8 de agosto de 1888. A princesa Isabel, seu esposo e seus três filhos haviam sido recepcionados por Ildefonso em seu palacete na inauguração do primeiro trecho da ferrovia Curitiba-Paranaguá.

Em 1888, o barão assumiu o controle da antiga Typographia Paranaense, com o sócio Jesuíno Lopes. Juntos, eles a transformaram na Impressora Paranaense, a fim de imprimir os rótulos dos barris da erva-mate exportada. Foi o maior exportador do produto no mundo. Em 1889, com a Proclamação da República, o então governador do Paraná, Vicente Machado da Silva Lima, convidou-o para a Comissão Organizadora do Partido Republicano.

A partir daí, seu destino começaria a mudar. O marechal Deodoro da Fonseca, que havia proclamado a República, renunciou, e o vice, marechal Floriano Peixoto, assumiu a presidência, dissolvendo o Congresso e convocando novas eleições. No Rio Grande do Sul, o governo, apoiado pelos legalistas, reprimiu a oposição, e logo depois começou a Revolução Federalista. Uma força de rebeldes federalistas gaúchos, comandada pelo general Gumercindo Saraiva, saiu do Rio Grande do Sul em direção ao Rio de Janeiro. Passando por Santa Catarina, juntou-se aos marinheiros cariocas da Revolta da Armada e, dali, partiu com destino a Curitiba.

O plano dos revolucionários (os maragatos) previa o domínio do Paraná com um ataque conjugado por forças de terra e mar. O comando legalista enviou batalhões ao Paraná, formados por tropas regulares e voluntários civis do Rio de Janeiro e de São Paulo (os pica-paus). Em janeiro de 1894, as tropas chegaram à Lapa, onde se travou uma terrível batalha, conhecida como "O Cerco da Lapa".

Durante vinte e seis dias os pica-paus resistiram aos ataques das forças muito mais numerosas dos maragatos. Enquanto a Lapa resistia, o então presidente do Estado, Xavier da Silva, retirou-se. O vice, Vicente Machado, assumiu o poder e transferiu a capital para a cidade de Castro, levando consigo todo o governo e as forças policiais e abandonando Curitiba à mercê dos rebeldes.

Com isso, as famílias curitibanas passaram a ter sua integridade ameaçada, fato que levou o barão do Serro Azul a cuidar da cidade por meio de uma junta provisória. O barão foi autorizado pelos cidadãos a fazer um acordo com os revolucionários que protegesse a população de violências, saques e estupros. A Junta Governativa de Curitiba transformou-se em "Comissão para Lançamento do Empréstimo de Guerra", com o propósito de arrecadar fundos para os rebeldes e com isso "comprar a paz" na cidade. Dessa forma, o barão e os comerciantes que apoiaram a comissão conseguiram evitar saques, assassinatos e todo tipo de atrocidade por parte dos maragatos, salvando a população civil.

Curitiba foi a única cidade a sair ilesa em toda a Revolução Federalista, graças ao barão do Serro Azul, que se responsabilizou interinamente pelo governo e administração da cidade.

Com a retomada da cidade pelas tropas do governo, ele teve a possibilidade de fugir de Curitiba, como muitos fizeram, em direção ao Uruguai, com medo de serem tratados como traidores. O barão permaneceu na cidade, confiante de que poderia explicar a situação às autoridades. Por um tempo, foi deixado em paz, porém mais tarde, apesar dos protestos e do testemunho da população, seus atos foram interpretados como colaboração com o movimento rebelde e traição à Pátria, sendo, então, preso.

O general Ewerton de Quadros, novo comandante das Forças Legalistas, assumiu o controle militar no estado do Paraná. Promoveu demissões de funcionários públicos, buscas e capturas de pessoas supostamente acusadas de colaborar com os maragatos enquanto eles dominaram Curitiba. As prisões foram tantas que um teatro foi transformado em presídio, e várias pessoas foram fuziladas sem sequer serem julgadas. No dia 9 de novembro de 1893, o barão recebeu uma intimação para se recolher ao Quartel da Primeira Divisão, junto com cinco de seus companheiros: Rodrigo Lourenço de Mattos Guedes, que, durante a ocupação dos revolucionários, atuara na Delegacia Fiscal do Tesouro; José Lourenço Schleder, que ocupara o cargo de delegado do Tesouro quando os revolucionários se apoderaram do Paraná; Presciliano da Silva Correa, que fora prefeito da Comarca Municipal de Paranaguá; José Joaquim Ferreira de Moura, que, quando os revolucionários chegaram ao Paraná, ocupava o cargo de tesoureiro da Delegacia Fiscal; e Balbino Carneiro de Mendonça, que, tendo servido na cobrança do Imposto de Guerra na qualidade de secretário da respectiva comissão, nenhum compromisso tivera na Revolução.

Políticos e algumas autoridades públicas tentaram por todos os meios livrá-los da prisão. Entretanto, o general Ewerton de Quadros, que fazia parte de um grupo político inimigo do grupo do barão, temendo uma fuga ou a desmoralização de seu comando, ordenou a execução do barão e seus amigos.

No dia 20 de maio de 1894, os seis prisioneiros foram retirados da prisão e levados à Estação Ferroviária de Curitiba, sob o pretexto de embarcarem em Paranaguá em um navio da Marinha com destino ao Rio de Janeiro, onde supostamente seriam julgados. Inclusive a escolta era composta de soldados que tinham vindo do Rio de Janeiro especificamente para isso, pois era de grande importância que ninguém os conhecesse em Curitiba, a fim de o crime premeditado ser abafado.

Na noite daquele dia, o trem saiu da Estação Ferroviária de Curitiba, levando os seis presos, supostamente com destino a Paranaguá. No quilômetro 65 da estrada de ferro, perto do Pico do Diabo, na serra do Mar, ao lado de um alto despenhadeiro, o maquinista recebeu ordens de parada. Eram mais ou menos dez horas da noite quando os presos foram forçados a desembarcar, sendo arrastados para fora do vagão pelo pelotão de escolta. Mattos Guedes atirou-se pela janela do trem, mas recebeu uma descarga da fuzilaria e rolou pelo precipício. Balbino de Mendonça, agarrando-se ao vagão, teve as mãos quebradas a coronhadas e foi abatido a tiros de revólver.

O barão do Serro Azul recebeu um tiro na perna e ainda tentou apelar à misericórdia dos executores, dizendo que tinha filhos e que sua esposa estava grávida. Foi em vão, levando um tiro fatal no olho. Os demais foram executados também por fuzilamento. Naquela madrugada, o trem seguiu, mas sem os seis homens. Ficaram todos mortos na margem da estrada de ferro.

No dia seguinte, a polícia de Piraquara foi avisada da existência de cadáveres na serra. O corpo do barão foi resgatado e sepultado em Curitiba, no Cemitério Municipal.

Um inquérito sobre os fuzilamentos foi feito na época pelo Conselho Marcial, e as mortes justificadas por uma suposta "tentativa de fuga" dos seis presos, num ponto onde o trem parou "casualmente". Mais tarde, porém, documentos revelaram que os presos na verdade foram covardemente fuzilados num plano premeditado pelo general Ewerton Quadros. Em que pesem as dúvidas sobre quem tenha sido o mandante das execuções, cumpre dizer que o general Ewerton não repetiu no Paraná os mesmos atos de execução pública que ocorreram em Santa Catarina. Ele tinha carta branca do marechal Floriano para praticar qualquer "justiçamento" no Paraná, portanto não teria qualquer receio de cometer excessos ou usar de subterfúgios para executar qualquer suspeito.

A viúva do barão do Serro Azul, por sua vez, acreditava e acusava Vicente Machado como o mandante da execução. Ela chegou a enviar uma carta ao senador José da Costa Azevedo, o barão de Ladário, expondo suas convicções. Achava que Vicente Machado voltara a Curitiba ressentido, com profundo ódio pela humilhação a que fora submetido na fuga da cidade. Dizia ainda que, por razões só suas, Vicente Machado dirigiu suas mágoas ao barão, mandando matá-lo. A carta da baronesa foi lida no Senado da República com estrondosa repercussão. Parte da carta foi transcrita neste livro.

Após a morte de Ildefonso, a viúva e seus herdeiros sofreram um "boicote" político e econômico que durou cerca de quarenta anos. A baronesa nomeou o antigo sócio e amigo do barão, David Carneiro, seu procurador e representante legal, já que ela não podia assumir cargos públicos ou privados; depois, delegou a Carneiro a presidência da Impressora Paranaense, anteriormente propriedade do barão. A Impressora, inclusive, entrou em grave recessão, tendo sido liquidados os investimentos de acionistas, até ser vendida, em 1902, ao litógrafo Francisco Folch, por 500$000 réis. Em 1909, a baronesa voltou a morar em Paranaguá, onde faleceu em 1921. Seu corpo foi sepultado no Cemitério Municipal.

Por mais de quatro décadas, o barão do Serro Azul foi considerado um traidor da Pátria, e quaisquer discussões sobre a execução do barão e de seus amigos foi proibida por sigilo de Estado. Todos os autos, documentos, referências e biografias foram eliminados da história oficial do Paraná. Até mesmo prédios onde funcionavam seus negócios foram modificados. A mansão do barão foi alugada a uma escola de meninas e, em seguida, serviu de instalação da primeira Loja Maçônica de Curitiba, a cuja ordem feminina a baronesa pertencia. Um ano após a morte do esposo, a baronesa mandou construir um edifício anexo ao antigo palacete da família, o qual passou a ser ocupado, posteriormente, pelo Exército brasileiro, num contrato de compra do imóvel.

Somente entre as décadas de 1940 e 1950 começaram as primeiras investigações no sentido de resgatar a verdadeira história do barão do Serro Azul. Leôncio Correia, um jornalista de Paranaguá, publicou em 1942 uma biografia intitulada *O barão do Serro Azul*. Em 1973, o historiador e escritor Túlio Vargas publicou o livro *A última viagem do barão do Serro Azul*, narrando a chacina no quilômetro 65. Baseando-se nesse livro, o cineasta paranaense Maurício Appel dirigiu o filme *O preço da paz*, em 2003.

Assim, os heróis que salvaram Curitiba e sua população, liderados por um cidadão abolicionista, que negociaram com revolucionários e administraram a cidade quando políticos a abandonaram à própria sorte, foram injustamente considerados traidores da pátria e cruelmente executados.

O resgate histórico só se deu cento e catorze anos depois de sua morte, em 15 de dezembro de 2008, com a Lei nº 11.863 do Senado Federal, que inscreveu o nome de Ildefonso Pereira Correia no Livro dos Heróis da Pátria, depositado no Panteão da Liberdade e da Democracia, na capital federal, em Brasília.

Por fim, em 17 de outubro de 2023, foi promulgado o Decreto Legislativo nº 566 pela Câmara Municipal de Paranaguá, concedendo o Título de Honra ao Mérito "ao cidadão parnanguara Ildefonso Pereira Correia, o barão de Serro Azul (*in memoriam*)".

Barão de Serro Azul

DRAMAS DO PARANÁ

Publicados pelo "Don Quixote"   QUADROS HISTORICOS (Nº 1)   *Rua do Ouvidor 109, Rio de Janeiro*

O texto a seguir é uma transcrição *ipsis litteris* (exatamente como foi publicado) do conteúdo original extraído do jornal *Don Quixote* (figura ao lado). Todas as palavras e informações estão reproduzidas de maneira fiel e sem alterações.

❝ No kilometro 65
Essa tragedia sangrenta e "luctuosa", um dos factos mais salientes da epocha da Legalidade, que consternou todo o estado do Paraná e "cauzou" a mais profunda impressão no seio da sociedade brasileira, pelos horrores de que se revestiu, ainda está até agora envolta em mysterio, relativamente à responsabilidade de seus auctores, ainda que em denuncias de jornaes e depoimentos de testemunhas, nomes hajam sido apontados, d'aquelles sobre cujas cabeças deve de cahir a sentença da "animadversão" publica.

Era então commandante do districto o general Ewerton Quadros, enviado pelo Marechal Floriano Peixoto, o governador do Estado, o Dr Vicente Machado, hoje senador da Republica.

A reproducção de tão barbaras scenas é tomada sob indicações verbaes de pessoas da localidade, sobre o auto de inhumação publicado pelos jornaes d'esta Capital, e sobre as mais exactas descripções feitas por toda a imprensa brasileira, justamente indignada, e da qual extrahimos, resumida, a seguinte narração:

No dia 20 de Maio, em Curityba, alguns presos politicos foram avisados que seriam em breve conduzidos para a Capital Federal, afim de serem processados. O barão de Serro Azul pediu e obteve licença de mandar buscar recursos pecuniarios à sua casa.

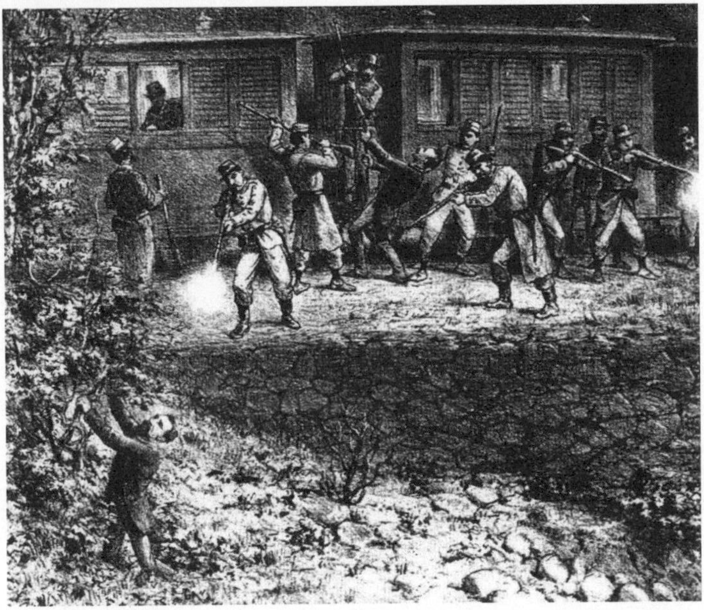

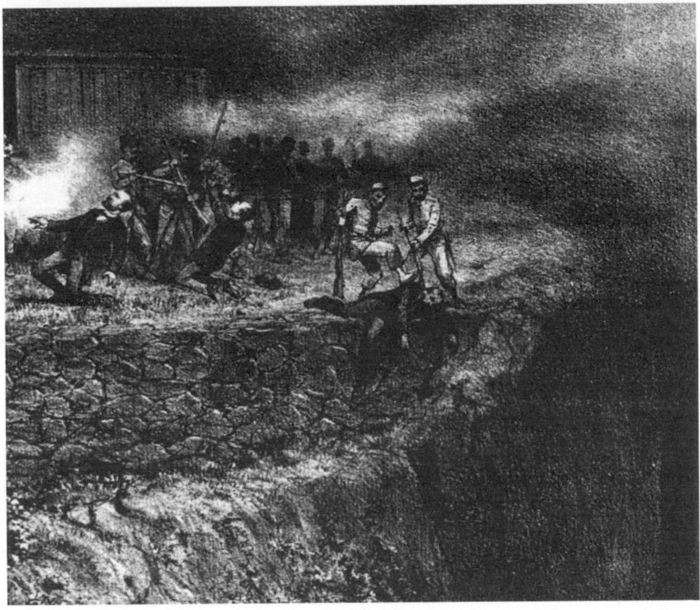

Às 10 horas da noite apresentou-se um official na sala onde se achavam os presos e, chamados à parte o barão de Serro Azul, José Lourenço Schleider, José Joaquim Ferreira de Moura, Rodrigo de Mattos Guedes, Balbino Carneiro de Mendonça e Presciliano Correia, declarou-lhes que seguissem immediatamente afim de tomar o trem que os devia conduzir a Paranaguá, sem dar-lhes tempo quasi a que se vestissem, levando-os com as roupas, apenas, com que se haviam levantado das miseraveis tarimbas onde dormiam.

Os presos seguiram a pé para a estação da estrada de ferro, no meio de uma escolta comandada por um official.

A noite era chuvosa, fria e escura.

O comboyo tomou a direcção de Paranaguá pouco antes das 11 horas.

Passava da meia noite quando o trem suspendeu sua marcha proximo ao kilometro 65.

Ahí, à esquerda dos trilhos, existe uma esguia esplanada, limitada pela crista de profundo despenhadeiro.

Parára o trem. Arrancados à força do wagon, foram todos, um a um, arrastados à beira do abysmo. Debalde pediam, imploravam de joelhos, que não os matassem, que os submetessem a um processo regular, onde demonstrassem sua innocencia! Debalde allegavam que tinham esposas e filhos, que iam ficar na miseria ao desamparo. A nada attendiam os algozes!

O barão de Serro Azul, ao chegar ao logar do supplicio, cahiu de joelhos e orou. Uma descarga cortou-lhe a prece e a vida.

Balbino de Mendonça, arrancado brutalmente do wagon, agarrou-se, allucinado pelo terror, à grade da plataforma, ficando com os punhos quebrados a couce de espingarda; em seguida foi precipitado ao abysmo, depois de uma descarga que lhe cortou a vida.

Mattos Guedes, que tambem levára uma descarga, procurou, mal ferido, fugir pelo abysmo abaixo, e agarrou-se a um arbusto. N'essa tentativa recebeu nova descarga que o prostrou de vez.

Do mesmo modo morreram os outros tres companheiros, sendo depois das descargas attirados deshumanamente ao precipicio!

A escuridão da noite não permitiu aos algozes observar que o abysmo, n'esse lugar, era pouco profundo; ficando d'este modo os seis cadaveres a poucos metros abaixo do nível da estrada. Assim puderam ser vistos por alguns viajantes que nos dias seguintes passavam no trem, e o que permittiu aos parentes das victimias poderem ir recolher os cadaveres e sepultal-os, no proprio sitio onde haviam sido suppliciados. Mais tarde, a inhumação auctorisada constatou plenamente a barbaridade commettida contra os desgraçados cidadãos!

O barão de Serro Azul e as mais victimas que morreram cruelmente assassinadas, nunca tomaram parte na revolução. Todos eram cidadãos muito conceituados no estado do Paraná.

Ninguem até hoje pôde explicar qual o motivo de tão sangrento attentado, que victimou tantas famílias, deixando na orphandade innumeras crianças, e inscrevendo uma pagina negra na historia do Brazil civilisado."

Agradecimentos

Expresso os meus mais genuínos e sinceros agradecimentos a todos aqueles que me apoiaram e contribuíram para a realização desta obra. Ao Arquivo Público do Paraná e à Aliança Francesa de Curitiba, por fornecerem material de apoio. Ao Márcio Coelho, que fez a primeira revisão do texto. Ao Professor Rógerio Bealpino, que auxiliou no contexto histórico. Ao Marcos Ofenbock, que escreveu o prefácio do livro e também auxiliou no contexto histórico. À Editora Rosafrancesa, pela revisão do idioma francês. E por fim, mas não menos importante, muito pelo contrário, agradeço aos meus ascendentes, que muito batalharam na vida pelas suas famílias, especialmente Léger Gumy, meu tetravô, a quem homenageio neste livro.

Referências

CÂMARA MUNICIPAL DE PARANAGUÁ. *Decreto Legislativo nº 566/2023*. Concede o Título de Honra ao Mérito do Município de Paranaguá ao cidadão parnanguara Ildefonso Pereira Correia, o Barão de Serro Azul (in memoriam). Disponível em: https://www.paranagua.pr.leg.br/?pag=T0dRPU9EZz1PR009T1RnPQ==&id=5746&tipo=4. Acesso em: 27 abr. 2024.

CHIMENTÃO, Bárbara Letícia. *Imigrantes franceses no Paraná*: o caso da colônia argelina, 1868-1890. Curitiba: Universidade Federal do Paraná, 2018. 166 pp. Tese (Mestrado em História).

DUARTE, O.; GUINSKI, L. A. *Imagens da evolução de Curitiba*. Curitiba: Quadrante Editorial, 2002. 288 p.

MACEDO, R. V. G. de. *Curitiba, luz dos pinhais*. Curitiba: Solar do Rosário, 2016. 560 p.

MENDONÇA, M. N.; LACERDA, M. T. B. de. *Os franceses no Paraná*. Curitiba: Aliança Francesa, 2009. 214 p.

MUSEU HISTÓRICO NACIONAL. Acervo arquivístico. *Dramas do Paraná*, Quadros Históricos, n.1. 1895. Disponível em: https://atom-mhn.museus.gov.br/dramas-do-parana-quadros-historicos-no-1. Acessado em: 28 nov. 2024.

NAROZNIAK, J. *Histórias do Paraná*. Curitiba: Arowak, 2010. 240 p.

OFENBOCK, M. J. *A verdadeira ilha do tesouro*: as crônicas do pirata Zulmiro. Curitiba: Ed. do Autor, 2019. 175 p.

OFENBOCK, M. J. *O tesouro pirata da ilha da Trindade*: a história documentada do maior tesouro pirata do mundo. Curitiba: Ed. do Autor, 2022. 532 p.

PREFEITURA MUNICIPAL DE CURITIBA. Os franceses em Curitiba. *Boletim Informativo da Casa Romário Martins*, Curitiba, v. 16, n. 84, 1989. 64 p.

PRESIDÊNCIA DA REPÚBLICA. *Lei nº 11.863, de 15 de dezembro de 2008*. Inscreve o nome de Ildefonso Pereira Correia, o Barão do Serro Azul, no Livro dos Heróis da Pátria. Disponível em: https://www.planalto.gov.br/ccivil_03/_ato2007-
-2010/2008/lei/l11863.htm#:~:text=LEI%20N%C2%BA%20 11.863%2C%20DE%2015,Art. Acesso em: 27 abr. 2024.

FONTE Minion Pro
PAPEL Pólen Natural 80g/m²
IMPRESSÃO Paym